KB043105

따끈따끈한 커피 있어요!

내향적인 당신도 특별해지는 영업비밀
외향적인 사회에서 내향적인 영업인으로 살아가기

ⓒ2022 최현우

따끈따끈한 커피 있어요!

1판 1쇄 : 인쇄 2022년 03월 15일
1판 1쇄 : 발행 2022년 03월 20일

지은이 : 최현우
펴낸이 : 서동영
펴낸곳 : 서영출판사

출판등록 : 2010년 11월 26일 제 (25100-2010-000011호)
주소 : 서울특별시 마포구 월드컵로31길 62, 1층
전화 : 02-338-0117 팩스 : 02-338-7160
이메일 : sdy5608@hanmail.net

디자인 : 이원경

ⓒ2022 최현우 seo young printed in seoul korea
ISBN 979-11-92055-11-4 03810

※잘못된 책은 구입하신 서점에서 바꾸어 드립니다.

따끈따끈한 커피 있어요!

2022 · 서영

"

작은 생각만큼 성취를 제한하는 것도 없다.
자유로운 생각만큼 가능성을 확장하는 것도 없다.
우리는 우리가 아는 것보다 위대하다

"

- 윌리엄 아서 워드, 작가 -

Prolog

나는 내향적인 사람이다.

청중 앞에 서면 얼굴이 빨개진다. 내가 하는 행동에 대해 사람들이 어떻게 생각할까 눈치를 본다. 친구가 상처를 입을까 봐 대놓고 기분 나쁜 얘기도 못한다. 주량이 약한 탓도 있지만, 술자리에서는 더 조용해진다. 술자리 끝난 후에 노래방 가는 것이 세상에서 제일 무섭다.

우리 딸들이 나와 똑같은 시련을 겪고 있다. 중학교에 다니는 막내와 고등학생인 맏이가 나처럼 내향적이다. 부모는 자신의 약점을 닮은 아이를 바라볼 때 가슴이 아프다.

어렸을 적에 내향적이고 소심한 성격 때문에 친구 사귀기가 힘들었는데…… 우리 아이들도 내 어릴 적을 꼭 빼닮았다.

'그런 내가 영업을 한다고? 꿈에도 생각지 못했던 인생 전개다. 와우! 최현우 네가?'

우리는 외향적인 사람을 더 선호하는 사회에 살고 있다. 기술의 발달로 사람과 사물이 다양한 형태로 연결된 '초연결사회'.

그 복잡한 연결 속에서 자기 자신을 드러내고 원만한 관계를 형성하며 빠른 의사결정을 하는 외향적인 사람이 더 인정받아온 것이 사실이다. 연예 예능 프로그램에서 자신을 거리낌 없이 표현하는 캐릭터가 부각되고, '인싸'라는 인간상이 우월해 보이는 문화 현상은 이를 증명한다.

과연 내향적인 사람은 루저인가?

미국에서 가장 유명한 내향성 전문가인 마티 올슨 래니 박사는 '내향적인 사람들은 살아가면서 외향적으로 살도록 강요받을 때가 있다. 또한, 자기중심적이며 비사교적이라는 오해를 받을 때도 있다'고 얘기한다.

삶을 돌아봤을 때 내향적인 것은 기질적으로 '다름'이지 결코 '부족함'이나 '틀린 것'이 아니다. 우리 주위에는 내향적인 자신의 강점을 잘 활용한 사람들이 의외로 많다.

에이브러햄 링컨 대통령, 앨프레드 히치콕 감독, 마이크로소프트 창립자인 빌 게이츠, 투자계의 현인 워런 버핏, 해리포터의 작가 조앤 롤링 등 수많은 명사들이 내향적 성격의 사람들임에도 다양한 분야에서 성공적인 삶을 이끌었다.

조용하고 진중한 내향인에게 영업은 맞지 않는 직업일까?

사람들은 얘기한다.

'영업은 다양한 고객을 만나야 하고, 자신감 있게 행동해야 하니 외향적인 사람이 잘할 거야.'

'영업성과가 좋은 사람은 말도 잘하고 두뇌 회전이 빠를 거야.'

하지만 영업의 실제 현장은 우리의 통념과는 많이 다르다.

내가 몸담았던 영업조직의 최고 성과자 중 많은 사람이 내향적인 성격의 소유자였다. 나 또한 영업이라는 한 직업에 25년째 몸담고 있다.

나는 보험회사에서 설계사 교육담당과 영업소장을 했고, 학습지 회사의 아동전집 판매 부서에서 8년간 영업교육을 담당했으며, 지금은 기업교육 솔루션 영업을 담당하는 영업이사이다.

지금의 나는 사람을 만나는 것이 두렵지 않다. 오히려 새로운 시장, 처음 만나는 고객을 접하는 개척 영업을 더 좋아한다. 고객이 나를 믿어주고 우리 상품, 우리 서비스를 구매할 때 진한 희열감을 느낀다.

모 자동차회사 최고 영업왕을 만날 기회가 있었다. 고객사인 A자동차는 최고 영업왕의 노하우를 사내에 전파하기 위한 인터뷰 동영상 제작을 희망했고, 이 사업을 내가 수주한 것이다.

드디어 인터뷰 날. 나는 대단한 사람을 만난다는 생각에 아침부터 들떠 있었다.

'아 어떤 분일까?'

'자동차 영업이니 왠지 힘 있는 목소리에 건장한 분이 아닐까?'

여러 가지 상상을 하면서 설레는 마음으로 기다렸다.

드디어 약속 시간. 처음 만나는 영업왕과 인사를 나누면서 조금은 놀랐다. 내 예상과는 달리 아담한 체구에 차분한 목소리를 지닌 수줍음이 많은 분이었다. 그 모습에 솔직히 속으로 걱정이 되었다. 인터뷰 영상이 잘 나와야할텐데……

하지만 막상 인터뷰에 들어갔을 때 그분이 하나하나 꺼내는 진심 어린 고객관리 사례들을 들으면서 고개가 절로 끄덕여졌다. 그분은 10년 이상 1위를 지켜온 고객관리 노하우를 '고객의 눈높이에 맞춘 상담'이라고 얘기했다.

"개개인마다 영업의 스타일이 다를 텐데, 저 같은 경우 고객 눈높이에 맞춰 상담을 합니다. 고객의 성향과 생각을 빠르게 파악하여 고객이 원하는 답을 주려고 노력합니다. 저는 대화를 할 때 장황한 설명보다는 고객 의견을 경청하려고 노력합니다. 그런 후에 진심을 담아 상담을 하다 보면 고객이 마음의 문을 여는 경우가 많습니다."

나도 모르게 무릎을 탁 쳤다.

'맞아. 저분도 나와 똑같이 내향적인 분이구나!'

내향적인 사람도 자신만의 강점을 살리면 충분히 영업을 잘 할 수 있다는 메시지가 강하게 마음을 때렸다. 영업왕은 마음 읽기 전문가였다.

어찌 보면 당연하다. 내향적인 사람은 자기 내면의 얘기에 관심이 많은 만큼 타인의 생각 역시 잘 읽을 줄 알고 그 눈치를 살필 줄 안다. 상대의 얘기에 공감도 잘 한다.

더욱 다행인 것은, 요즘 고객들은 자기 삶에 바빠서 영업인의 얘기를 오랫동안 들어주기 힘들어 한다. 오히려 짧고 임팩트 있는 대화를 선호한다. 더불어 자신의 문제와 욕망을 알아서 잘 읽어주길 바란다.

디지털과 비대면으로 정의되는 지금의 시대에는 내향적인 영업인이 각광 받기 좋은 기회이다.

하루가 다르게 발전하는 IT기술은 수백 년을 이어온 대면 영업활동에 획기적인 변화를 만들어내고 있다. 인공지능(AI)은 영업사원을 더 확실한 영업 기회에 배치하고, 고객에 대한 더 나은 정보로 무장시키며, 고객에게 최적의 솔루션을 제공하도록 도와줄 것이다.

내향적인 영업인이 특유의 꼼꼼함과 꾸준함을 발휘한다면 최근 변화되는 영업환경은 분명 기회가 될 것이다.

이 책에 담긴 진솔한 이야기가 내향적인 영업인들이 가치 있고 존중받는 사람으로 성장하는데 작은 밑거름이 되길 희망한다. 또한, 외향적인 영업관리자가 내향인의 조용하지만 강한 영업능력을 이해하고 알아가는 시간으로 삼아 주길 바란다.

이제 내향적인 자신을 자신 있게 드러내고 강점을 살려 영업하자.

차례

1장 — 영업에 뛰어들다

"

    모든 운이 따라주며, 인생의 신호등이 동시에 파란불이
되는 때란 없다. 모든 것이 완벽하게 맞아 떨어지는 상황
은 없다.

    '언젠가' 타령만 하다가는 당신의 꿈은 당신과 함께 무덤
에 묻히고 말 것이다.

    만약 그 일이 당신에게 중요하고, 결국 그 일을 할 것이라
면 그냥 하라. 하면서 진로를 수정해가면 된다.

"

– 블레이크 마이코스키, <탐스 스토리> –

외향성을 선호하는 사회

"넌 존재감이 없었어."

몇 년 전 대학교 동기 모임에서 한 친구가 대학시절을 추억하며 내게 해 준 말이다. 친구는 내가 편해서 그런 말을 했겠지만, 나는 조금 상처를 받았다. 하지만 돌이켜보면 나는 그런 사람이었다.

나는 과에서 이뤄지는 술자리나 MT에서 조용히 다수의 의견을 따르는 사람이었고, 항상 남의 시선을 의식해서 조심스럽게 행동하는 편이었다. 선배나 동아리 친구들과 함께 왁자지껄 웃으면서 지나가는 활달한 친구를 보면 부럽기도 하고 괜히 위축되기도 했다.

이런 소심한 나를 바꿔보려고 동아리에 가입하기 위해 여러 번 시도를 했다. 나로서는 동아리 사무실에 들어가서 신청을 하는 그 자체가 정말 인생을 건 모험과도 같았다.

여러 대학교의 연합 동아리인 봉사활동 동아리에서 있었던 일이다. 신입생 환영회에 나가보니 큰 강의실에 70~80명 정도 선배들이 모여 있었다. 그 환영회에서 신입생 한 명 한 명이 인사를 하면서 장기자랑을 하는 시간이 있었다.

'저 많은 사람 앞에서 장기자랑을 한다고?'

전혀 예상을 못했기에 정말 하늘이 무너지는 느낌이었다. 역시나 내 순서가 되어 단상에 서자 내 몸은 완전히 굳어 있었다. 어찌어찌 내 소개를 하고 내가 외우고 있는 몇 안 되는 노래 중 하나를 부르려고 하는데 목소리가 자꾸만 기어 들어가고 음정도 불안했다.

다행히 옆 선배의 도움으로 노래를 부를 수 있었지만 그때는 정말 도망가고 싶은 심정뿐이었다. 단상을 내려오면서 덤덤하게 박수를 쳐주는 사람들의 시선이 나를 마구 찌르는 것 같았다.

겨우 내 순서가 끝나고 바로 다음 신입생 순서가 되었다. 내가 봐도 호감이 가는 활달한 친구가 나와서 우렁차게 자기소개를 하고 최근 핫한 노래를 부르는데 완전 그 자리가 들썩들썩했다.

모두 웃고 즐거워하는 모습을 보면서 아……. 나도 저 사람처럼 될 수 없을까 너무 부럽기도 하고 내가 한없이 작아져 보였던 기억이 생생하다.

내향적인 사람이라면 사회생활을 하면서 한 번쯤 외향적인 사람과 비교를 당하거나 스스로 움츠러드는 경험을 해보았을 것이다. 그 당시의 감정을 다시 떠올려 보면 어떤 수치심까지도 들게 된다.

혹시라도 자신이 경솔한 행동이나 실수를 했다 싶으면 아무리 사소한 일이라도 자책했던 기억이 있을 것이다. 사실 상대방은 기억을 못하는 데도…….

우리는 외향적인 사람을 더 선호하는 사회에 살고 있다.

유교 문화의 영향을 받은 우리나라는 나를 알리는 것보다 마음을 수양하는 것을 전통적으로 중시해왔다. 하지만 1970년대 세계적으로 유례없는 빠른 산업화 속에서 기존의 가치관은 많은 변화를 겪게 되었다.

기술의 발달로 사람과 사물이 다양한 형태로 연결된 '초연결사회'. 그 복잡한 연결 속에서 자기 자신을 드러내고 원만한 관계를 형성하며 빠른 의사결정을 하는 외향적인 사람이 더 인정받아온 것이 사실이다. 모임이나 회사에서는 자신을 거리낌 없이 표현하고 성과를 어필하는 캐릭터가 부각되고, '인싸'라는 인간상이 돋보이는 문화현상은 이를 증명해준다.

이러한 변화 속에서 내향성은 중립적인 개념으로 인식되기보다는 고쳐져야 하는 병으로 보거나 다소 부정적인 단어를 사용하여 설명되어온 것이 사실이다.

마틴 올슨 레니의 연구결과(2006)를 보면 내향성에 대한 뿌리 깊은 인식이 언어로 투영된 것을 여실히 볼 수 있다.

국제심리학 사전(The International Dictionary of Psychology)은 내향성을 "자기에 대한 몰두와 사회성 부족, 소극성을 특징으로 하는 주요한 성격 특질"로 정의했다. 외향성은 "외부 세계에 대한 관심과 자신감, 사교성, 단호함, 자극 추구, 지배력을 특징으로 한다"고 설명했다.

우리나라 국립국어원(1999)에서도 내향성을 인물이나 사물에 대하여 소극적인 성격 유형으로, 외향성을 객관적으로 사고하고 집단적이며 사교적인 성격 유형으로 정의했다.

내향성에는 '소극적'이라는 다소 부정적인 단어를 사용한 반면 외향성에는 '사교적'이라는 긍정적인 단어를 사용한 것을 볼 수 있다.

과연 내향적인 사람은 모두 소극적인가?

외향성을 선호하는 사회에서 내향적인 사람은 인정을 못 받는가?

젊은 시절 내향적인 자신과의 투쟁을 하던 나는 어느 순간 담담하게 나 자신의 다름을 받아들이기로 했다. 그리고, 다행인 것은 내가 지닌 장점이 발휘되었을 때 들었던 칭찬과 그로 인한 희열이 큰 힘이 되어주었다.

지금은 한 회사의 영업이사로서 역량을 마음껏 펼치고 있지만 내 안에는 내향적인 성향이 고스란히 존재한다.

조용할 것만 같던 내 인생에도

수줍음이 에너지로 변하는 엄청난 순간들이 있었다.

<참고 문헌>
· 내성적인 사람이 성공한다 (2006, 마티 올슨 래니) p62
· 내향성과 외향성의 특성에 따른 진로준비행동 탐색 (2017, 건국대 논문, 김예슬) p19

따끈따끈한 커피 있어요!

어린 시절부터 집안 형편이 넉넉하지 않았기 때문에 대학교 학비에 대한 짐을 부모님에게만 지우게 하고 싶지 않았다. 장학금도 최대한 놓치지 않으려고 노력했지만 장학금으로 학비를 감당하기엔 부족했기에 자연스럽게 대학생활 내내 학비 마련을 위한 다양한 아르바이트를 하게 되었다.

처음에는 아파트 건설현장에서 싱크대를 나르고 설치하는 일부터 시작했다. 광명시 하안동에 대단지 아파트를 짓고 있었고, 싱크대 부품들을 임시 엘리베이터를 통해 올려서 각 세대에 부착하는 일을 도왔다.

아이러니한 것이, 내가 결혼하여 신혼집을 마련한 곳이 바로 광명시 하안동 주공아파트 14단지이다. 어쩌면 내가 미래의 신혼집에 싱크대를 설치했던 것이다.

군대를 제대하자마자 C식품회사의 영업팀에서 선물세트를 고객사에 납품하는 일을 영업사원과 함께 해본 적도 있었다.

영업사원의 일상은 내가 예상했던 일반 직장인의 생활 패턴과 많이 달랐다. 아침 일찍 출근해서 고객사 방문 일정을 짜고 탑차(냉동시설이 되어있는 작은 트럭)에 납품할 물건들을 싣고 대리점 또는 고객사를 방문하는 일과였다. 점심도 정해진 시간과 장소 없이 그때그때 가까운 식당에서 해결했다. 어떨 때는 고객에게 90도로 인사하기도 하고, 대리점 사장님들과 수금 문제로 언성을 높이기도 하는 모습을 옆에서 지켜볼 수 있었다.

그런데 신기하게도 이런 정해지지 않은 패턴 속에서도 영업사원 분들은 유쾌하게 일을 하고 있는 것이었다. 업무 중 부딪히는 문제들에 연연하지 않고, 처해진 상황을 유연하게 넘어가는 모습이 꽤 자유롭게 느껴졌다. 그때 만약 세일즈에 대한 반감을 느꼈다면 나는 평생 세일즈를 내 천직으로 삼지 못했을 것이다.

가장 기억에 남는 아르바이트는 대학교 3학년 때의 일이다. 바로 새마을호 기차 안에서 도시락과 커피를 판매해본 경험이다. 고등학교 친구가 좋은 아르바이트 자리가 있는데 해보겠냐고 전화가 왔다. 마침 방학을 코앞에 두고 있었고, 급여가 높다는 말에 솔깃했다.

이미 KTX가 일상화되어있는 요즘이지만 대학교 다닐 당시에는 최고급 기차가 바로 새마을호였다. 식당 칸이 별도로 있었고, 판매하는 음식들은 국내 굴지의 호텔에서 운영하는 것이었다.

식당 칸 옆에는 실제 주방도 있었고, 주방장이 간단한 조리를 했다. 나는 주방장이 요리한 도시락을 기차 내에서 판매하고, 후식으로 커피를 판매하는 역할도 맡았다.

단순히 새마을호에서 청소나 허드렛일을 하는 것인 줄 알고 친구 소개로 갔던 것인데 막상 해야 하는 일을 보니 굉장히 당황스러웠다. 덜컹덜컹 좌우로 흔들리는 기차에서 탱크(도시락이나 커피통을 싣고 다니는 바퀴 달린 손수레를 일컫는 말)를 잡고 이동하는 것부터 난관이었고, 거기다 내 입으로 고객들을 설득하는 판매 멘트도 해야 하는 것이었다.

오렌지색 유니폼과 모자를 쓰고 탱크를 앞세워 첫 객실부터 출발을 하는데…… 사람들이 나만 쳐다보는 것 같아서 목소리는 기어 들어가고, 모자는 점점 더 푹 눌러쓰게 되었다.

판매는 고사하고 누가 나에게 주문할까 봐 오히려 그게 두려웠다. 그렇게 등에 땀을 흠뻑 적시면서 한 바퀴 돌고 나서 '다음 정차역에서 내릴까' 진지하게 고민까지 했다. 그렇게 꾸역꾸역 시간이 흐르고 부산을 찍고 다시 서울역에 도착했다.

옷은 완전 땀에 젖었고, 몸은 천근만근 무거웠다. 커피를 거의 판매하지 못했기에 찜찜하게 쳐다보는 식당 직원의 표정을 뒤로하고 집으로 가는 길에 문득 이런 생각이 들었다.

'내가 지금 뭐하고 있는 거지? 저 사람들이 나에게 관심이나 있겠어? 배고픈 사람에게 도시락을 주고, 커피 한 잔 생각나는 사람에게 좋은 일 하는 건데 뭐가 창피해. 그냥 눈 딱 감고 함 해 봐!'.

두 번째, 세 번째의 하루가 지나가면서 조금씩 낯선 환경에 적응이 되었고, 마음을 굳게 먹어서 그런지 어느 정도 사람들의 시선도 덤덤히 받아들이게 되었다.

놀라운 일은 1주일이 지난 시점부터 벌어졌다. 이제는 다른 사람의 시선이 중요한 것이 아니라 어떻게 하면 하루 매출을 많이 올려볼까를 고민하고 있는 내 자신을 발견하고는 나 스스로도 깜짝 놀랐다.

'내가 미친 거 아냐? 내가 원래 이런 사람이었어? 항상 조용하고 내향적이었던 내가 헐크라도 된 건가!!!'

왠지 신나는 기분이 들면서 판매를 늘리기 위한 멘트를 개발하기 시작했다. 그 당시는 겨울에 접어들었기에 가끔씩 눈이 왔다. 눈이 오면 사람들은 감성에 젖게 마련이다. 이때 나의 커피 판매 멘트는 이러했다.

"따끈따끈한 커피 있어요. 창밖의 눈을 바라보면서 사랑하는 사람을 떠올리면서 커피! 커피 한 잔 하세요."

내가 정말 부모님에게 감사하는 것 중에 하나가 목소리이다. 주위 사람들로부터 중저음에 가장 듣기 편안한 톤이라는 칭찬을 많이 듣는다.

이 멘트들을 중저음으로 깔아주니 커피 판매가 쑥쑥 늘었다. 도시락도 판매 멘트를 고민하다보니 아이디어가 마구마구 나왔다.

"맛 좋고 영양 많은 도시락, 도시락이 있습니다. 호텔 주방장이 요리한 건강한 식사. 도시락, 도시락이 있습니다."

랩처럼 라임을 주면서 느끼하지 않고 너무 크지 않으면서 적당한 템포로 이야기하다 보면 여기저기서 고객분들이 손을 들었다. 이렇게 해서 하루에 커피를 100잔 이상을 판매했던 기억이 나고 도시락은 모자라서 주방장이 열심히 추가로 만들었던 기억이 난다. 주방장은 판매량에 따라 인센티브를 받는지라 함박웃음을 지으며 따로 나에게 특식도 제공해 주었으니 내가 판매를 못했던 것은 아닌 것 같다.

내가 알고 있는 나와
내가 모르고 있는 내가 있다는 것을 그때 깨달았다.
결국 내향적이라는 프레임 안에 내가 나를 가둬두었구나.

우연에서 필연으로

참 알다가도 모를 것이 인생이다.

직장생활을 함께 시작했던 평범한 친구가 어느 날 유튜브에서 유명한 부동산 전문가로 등장하기도 하고, 평범한 직장인이었던 지인이 유명한 강사가 되어 나타나기도 한다. 처음에는 놀랐지만 그가 살아온 인생을 들어보면 고개가 끄덕끄덕 이해가 된다.

'그렇지, 그런 계기가 있었구나.'

우리는 성공이란 것이 잘 갖춰진 계획대로 실천해야만 이뤄지는 것이라 생각하지만, 인생은 의외로 우연에서 시작될 때가 많다. 나 스스로도 첫 직장이 보험회사일 거라고 상상도 못했고, 영업을 천직으로 삼게 될 줄은 더더욱 몰랐다. 예상치 못했던 인생의 흐름이다.

대학교 4학년 1학기. 생각지도 않던 과대표가 되었다. 군대 다녀와서 복학하고 취직 준비에 여념이 없을 때였다. 항상 진지하고 묵묵하게 자기 할 일을 하는 내가 취업이라는 무거운 주제와 잘 맞아떨어진다고 생각했는지 완전 몰표를 받았다.

4학년 과대표가 하는 일이 다른 학년과 다른 것은 취직 관련 정보를 학우들에게 알리는 일이다. 어느 기업에서 취업설명회를 한다더라, 어느 강의실에서 면접 대비 특강이 있다더라, 여기저기서 오는 정보들을 게시판에 붙이기도 하고 수업시간 전에 알려주는 일을 담당했다.

모교는 지방대였기 때문이겠지만 그렇게 많은 취업 기회들이 주어지지는 않았다.

어느 날 한 통의 전화가 왔다.

받아보니 본인은 경제학과 졸업생이고 S생명에 다닌다는 것이다. 이번에 경제, 경영, 무역학과 4학년 대상으로 취업설명회를 하고 싶어서 과 대표인 나에게 전화를 주었다고 했다.

국내 굴지의 회사에서 전화가 왔다는 것에 놀랐고, 그 회사에 우리 선배가 있다는 것에 놀랐다. 얼른 그 선배와 회사 설명회 하는 날을 정하고, 학우들에게 일정 안내를 해주었다. 다만 문제는 보험회사라는 것이다. 지금이야 많이 개선되었지만 20년 전만 해도 보험회사라고 하면 선입견이 먼저 앞섰다. 입사하면 보험 팔러 다니는 소모품에 불과할 거라는 인식이 강했다.

그래서 같은 과 사람들을 한 자리에 모아놨지만 내키지 않아서 일부러 강의실에 들어가지 않았다. 그런데 그 선배가 나를 부르더니 왜 안 들어오시냐고 얼른 오시라고 손짓을 하는 것이 아닌가. 과대표가 빠지는 것도 아닌 것 같아서 조용히 뒷자리에 앉았다.

40분 정도 회사 설명과 질의응답이 이어지는데, 솔직히 그 회사가 마음에 드는 것이 아니라 그 선배가 마음에 들었다. 사람에게서 진정성이 느껴졌고, 말 한마디 한마디에 신뢰감이 느껴졌다. 그래도 국내 최고의 그룹에 속한 보험회사인데 사람 등쳐먹지는 않겠지 생각을 하면서 나도 원서를 냈다.

드디어 1차 면접날. 다니는 학교가 위치한 인천 지역을 관할하는 경인 지역본부에서 진행되었다. 큰 회의실에서 부장급 정도로 보이는 나이 지긋한 분이 나를 맞아주었다. 자세한 기억은 안 나지만 주로 인성에 대한 질문을 했던 것으로 기억한다.

1차에서 합격한 사람이 8명. 막상 합격을 하고 나니 내 자신이 조금 자랑스러웠다. 그래서 욕심이 났다. 그래. 이왕 합격한 거 끝까지 한번 해 보자!

2차 면접은 본사에서 치러졌다. 돌이켜보면 내 평생 그렇게 긴장했던 순간이 없었던 것 같다. 면접은 여러 명이 함께 들어가서 질의응답을 하는 면접과 개별적으로 실시하는 프레젠테이션 면접으로 진행되었다.

역시 압권은 프레젠테이션 면접! 면접 들어가기 15분 전에 주제를 받으면 발표자는 15분간 온갖 머리를 쥐어 짜낸 후에 5분간 면접관 앞에서 프레젠테이션을 하는 방식이다.

7명의 과, 차장급으로 보이는 면접관이 내 앞에 앉아 있었다. 나에게 주어진 주제는 '최근 경제의 문제점과 이에 대한 해결방안을 논하시오.'였다. 뜨악……. 나눠준 하얀 A4지에 뭔가를 적어야 하는데 손이 떨렸다.

침착! 침착! 침착!

다행히 그동안 스크랩했던 뉴스 기사들을 만일을 대비해 가져왔었는데 조금씩 인용하면서 마음의 안정을 찾기 시작했다.

드디어 5분 스피치. 두근두근두근.

프레젠테이션은 나름 내가 정한 목차대로 잘 풀어 나갔고, 드디어 질의응답 시간. 세 번째로 질문하신 분이 핵심을 찔렀다.

"최현우씨는 우리나라 경제의 문제점으로 대기업 위주의 경제를 얘기했는데, 그래도 대기업이 우리나라에 기여한 부분이 많지 않나요?"

아차차……. 내가 너무 내 얘기에 몰입해서 프레젠테이션을 하다 보니 평소 생각을 얘기해버렸구나. 내가 지금 대기업에서 면접 보고 있는데……. 얼른 수습을 해야 했다.

땀이 내 뺨을 타고 주르륵 내려가는 것이 느껴졌다. 머릿속은 멍했다. 시간이 필요했다. 다시 여쭤봤다.

"예? 다시 한 번만 질문해주시면 감사하겠습니다."

그리고는 최대한 내 머릿속에 있는 것을 정리하여 답변을 드리기 시작했다. 기억을 더듬어 보면 다음과 같이 얘기한 것 같다.

"우리나라 경제에 대기업이 기여한 부분은 분명히 크다. 다만, 경제가 고르게 성장하려면 중소기업의 역량을 키우는 것이 중요하다. 서로 상생해야 한다. 각자의 맡은 역할이 다르다고 본다."

면접을 보고 나서 허탈한 마음에 면접 장소에서 가까운 아현동 사는 후배를 불러내서 엄청 술을 먹었다. 그리고 며칠간 내 머리를 얼마나 쥐어뜯었는지 모른다.

내가 왜 그랬을까? 대기업에서 면접을 보는 사람이 대기업의 독점을 비판했으니. 정말 우울한 며칠을 보내면서 집에 있는데 회사에서 연락이 왔다.

엇! 그런데! 최종합격 통보가 온 것이다. 믿기지 않았다. 분명 큰 실수를 했는데. 면접관들도 나와 같은 사람이었나 보다. 그들도 대기업에 다니지만 하나의 직장인이고, 우리나라 경제에 대한 관심과 걱정이 있는 사람이었나 보다.

그들은 합격하기 위해 틀에 박힌 얘기를 하는 사람보다는(정말 내 의도
는 아니었지만) 나같이 자기 생각을 말하는 사람도 괜찮아 보였나 보다. 그냥
이건 추측이다. 아직도 궁금증이 남는 추측.

삶은 어느 방향으로 튈지 모르는 럭비공과 같다.
그것이 우연일지라도 내 것으로 만든다면 필연이 된다.

새로운 나를 발견하다

정말 어려운 면접 과정을 거쳐서 보험회사에 입사하게 되었고, 설레는 마음으로 직장생활의 첫발을 들여놓게 되었다.

첫 출근 날이 아직도 기억에 생생하다. 부천에 있는 지역단에 발령을 받아 긴장된 마음으로 출근하여 윗분들에게 인사를 하고 잠시 대기하고 있었다. 그때 한 선배님이 지도장(각 지점의 설계사 육성을 담당하는 여성 관리자)과 인사를 하자며 위층 교육장으로 데리고 갔다.

문을 열자마자 약 20명의 30~40대 여성분들이 환호성을 지르면서 박수를 치는데 내 얼굴은 완전 사색이 되어버렸다. 딱 보기에도 커리어우먼 같은 깔끔한 정장과 기가 센 외모의 분들이 호기심 가득한 눈으로 바라보고 있는데 자기소개를 하려니 얼굴은 빨개지고, 입은 얼어붙었다.

그분들 입장에서야 20대의 파릇파릇한 신입사원이 들어왔으니 동생 같기도 하고 반가웠겠지만 가뜩이나 내향적인 나에게는 충격과 공포 그 자체였다.

'이분들과 회사생활을 해야 한다고?'

처음으로 맡은 업무는 부천 지역 400여 명 설계사의 마케팅 활동을 지원하는 '시장담당' 업무였다. 보험 영업에 활용할 판촉물을 구매하여 각 지점에 전달하고, 본사에서 정한 마케팅 정책에 맞춰서 다양한 활동 지원을 해주었다.

처음 몇 주 간은 설계사 분들 얼굴도 못 마주치고 화장실 안에서 한숨만 푹푹 쉬었는데, 다행히도 조금씩 적응이 되어갔다. 내향적인 성격상 유머러스하게 그분들과 대화하는 것은 힘들었지만, 말씀을 듣고 허허허 웃으면서 나름 요령을 터득하기 시작했다.

그렇게 1년쯤 지났을 즈음에 내 인생에 새로운 계기를 맞았다. 설계사교육을 담당하던 회사 동기가 본사 방송국 PD로 발령이 나면서 내가 지역단 교육담당 업무를 맡게 된 것이다.

교육담당이 하는 업무는 크게 두 가지로 나뉜다.

첫 번째로, 교육담당은 각 지점의 등록 예정자를 모아놓고 '보험교실'이라는 일종의 입시 준비반 강사 역할을 한다. 보험교실은 설계사로 등록하기 위해서 반드시 응시해야 하는 모집인 시험 대비 교육이다. 합격률이 높아야만 그 달의 등록 인원이 늘어나서 영업조직이 활성화되는 만큼 지역단에서 가장 중시하는 행사이다. 두 번째로, 교육담당은 설계사 직급별로 정해진 교육체계를 운영하기 위해 사내강사를 섭외하고 매월 교육을 운영한다.

보험 교실을 운영하면서 시험 보기 직전 10일 간은 거의 매일 하루 종일 강의를 하게 되는데 한 달, 두 달 강의를 하면서 재미가 붙기 시작했다. 이 시험을 보는 분들은 대부분 가정주부이거나 직장을 그만둔 후 쉬고 있는 30~40대 여성 분들이기 때문에 나는 최대한 이해하기 쉽게 경제용어를 설명하고, 중간중간 지루하지 않게 유머도 들려줘야 했다.

이를 위해서 매번 새로운 아이디어를 내고 강의에 적용해보고 수정하는 작업을 반복하는데 마치 내가 전문 강사가 된 것처럼 너무 재미있는 것이다. 그렇게 강의할 때만큼은 소심하고 내향적인 내 모습은 사라지고, 재미있고 유쾌한 또 하나의 부캐로 변신했다.

합격률도 자연스럽게 전국 최상위권으로 발돋움했다. 보험 교실 합격률이 항상 95% 이상 유지되었고, 덩달아서 나는 1년도 지나지 않아 전국에서 유명한 보험 교실 강사로 이름을 알리게 되었다. 이를 계기로 신입 교육담당을 위한 업무 매뉴얼 동영상도 촬영할 수 있었다.

'와우! 나에게도 이런 면이 있었구나. 20대 후반이 되어서야 내 새로운 모습을 발견하다니.'

지금 생각해봐도 그때의 나는 너무나 신나있었고, 자신감이 넘쳤다.

나는 S생명의 꼼꼼하고 철두철미한 기업문화와 보험회사라는 독특한 환경 속에서 일하는 방법과 영업 마인드를 배웠고, 이것은 내 영업 인생의 큰 자산이 되었다. 분명 내 안에는 내향적인 성향이 존재하지만 내 안의 숨겨진 끼와 열정을 끌어올릴 수만 있다면 외향적인 사람 못지않게 사회적인 성공을 거둘 수 있음을 체험하고 깨닫는 계기가 되었다.

Krumboltz(1999) 교수는 '삶에서 일어나는 우연적인 사건'에 주목했다. 한 사람의 진로 발달과정에서는 크고 작은 예기치 않은 '우연한' 사건이 발생할 수밖에 없는데, 이러한 사건을 통해 진로에 영향을 미치게 된다고 하였다.

예기치 않은 사건이 일어났지만, 본인의 노력 여하에 따라 진로에 긍정적으로 작용하게 되는 경우가 바로 '계획된 우연(Planned Happenstance)'인 것이다.

우연이란 자연 발생적이거나 내가 통제할 수 있는 범위 밖의 일이다. 하지만 우리가 살아가면서 무심코 지나쳐왔던 수많은 우연들을 긍정적으로 받아들이고 노력한다면 그 끝은 찬란하게 빛날 수 있다. 내 인생에서 영업이라는 직업을 만난 것은 우연이자 행운이다.

자신의 삶을 살 것인가? 남이 정해준 모습으로 살 것인가?
인생의 성공은 성향의 문제가 아니라 바라보는 방향의 문제이다.

첫 판매의 떨림

누구나 초짜 시절은 있다.

유치원에 갓 들어가서 엄마가 보고 싶어 울었던 적이 있다. 대학교 신입생 시절 그 넓은 캠퍼스에서 교양수업 강의장을 찾아 헤맸던 적이 있다. 초짜였기에 모든 것이 어색했던 시절. 하지만 그 시절을 통해 사람은 적응하고 성장한다. 부족함이 있기에 더욱 배울 수 있고, 어색함이 있기에 더 친해지려 노력한다.

초짜인 사람이 진짜 프로가 되는 성장 과정은 그러한 노력의 산물이다.

첫 직장인 보험회사에 다니던 시절의 얘기다.

영업조직이 확장되던 시기라서 우리 입사 동기들은 일찍 영업 지점장을 나가게 되었다. 대리급 1년차였던 나에게도 예비 영업 지점장 교육을 받으라는 공문이 내려왔다.

'아……. 드디어 그 말로만 듣던 보험회사 지점장이 되는구나'

두근두근. 두렵기도 하고 한편으로는 들뜨기도 했다.

드디어 세 달간의 합숙 교육. 용인에 있는 회사 연수원에서 지점장이 갖춰야 할 교육을 하나하나 받게 되었다. 그리고 최종 한 달을 남겨두고 2주 동안의 판매훈련을 받았다. 설계사들에게 영업 방향을 제시하고 이끌어가려면 스스로 판매 경험을 해봐야 한다는 것이 주요한 취지였다.

예비 영업 지점장 전원은 매일 강남역으로 전세버스를 타고 이동했다. 그리고 버스에서 내려 각자의 행선지로 흩어졌다. 흡사 고삐 풀린 망아지를 목장 밖으로 풀어놓는다고 해야 할까. 아직 영업에 서툴지만 열정만은 가득한 젊은이들이 세상 밖으로 나오는 것이다.

영업을 직접 해보지 않던 사람에게 개척은 쉽지 않다. 대부분 자신의 친척과 지인들에게 종신보험을 권유하는 활동을 했던 것으로 기억한다. 나도 주변 지인들 이름을 리스트로 정리해서 그동안 배운 상품지식을 설명하기 위해 방문 약속을 잡았다.

매일 연수원으로 돌아오면 차가운 화이트보드가 나를 반긴다. 교육장 맨 뒤에 있는 바둑알 자석이 판매 실적에 따라 하나씩 위로 올라간다. 이미 높이 올라간 동기를 보면 굉장히 신경이 쓰인다. 나는 아직 한 건도 없다. 영업 부진자의 마음이 이런 거구나. 마음이 급했다. 나도 뭔가를 보여 줘야 했다.

평소 사무실 근처에서 친하게 지내던 S전자 A/S센터 담당자에게 전화를 했고 다행히 오라고 했다. 배웠던 판매 프로세스대로 설명을 했고, 중간중간 고객의 눈치를 살폈다. 어제 친한 후배를 찾아갔다가 거절을 당했던 기억이 자꾸만 내 뒤를 잡는다.

내 설명을 다 듣고 나서는 본인도 작게나마 종신보험을 들고 싶었다고 얘기한다. 그래서 선뜻 가입하겠다고 얘기하는 것이 아닌가. 멍했다. 혹시나 하는 마음에 들고 왔던 보험청약서를 조심조심 꺼내서 종신보험 계약 사인을 받았다.

배운 대로는 한 것 같은데 뭔가 마음이 조급했다. 청약서를 모두 작성하고 그분에게 진심의 감사 인사를 한 후 3층 사무실을 나왔다. 엘리베이터는 아직 1층에 있다. 조급했다. 계단으로 뛰었다. 첫 계약이 너무 소중해서 불과 3개 층 밑에 있는 엘리베이터조차도 너무 느리게 여겨졌다. 그렇게 층계를 나르듯이 뛰어 내려오면서 쾌재를 불렀다!

드디어 첫 계약을 해낸 순간이었다. 영업을 하면서 가끔 그 순간의 설렘을 기억한다. 아득히 먼 과거 얘기 같으면서도 바로 어제처럼 생생하게 다가온다.

심리학자인 Maslow(2012)는 인간은 누구나 무한한 잠재력을 지니고 있으며, 자신의 참된 가치, 진정한 가치를 실현하는 것이 자아실현이라고 얘기한다.

새마을호에서 커피 아르바이트를 하면서 세일즈에 최적화된(?) 내 모습을 발견하고 놀랐던 것처럼 오랫동안 영업을 해오면서 여러 번 새로운 나와 만나게 되었다. 그리고, 그 놀람들이 동기부여가 되어 새로운 성장의 자극이 되었다.

지금도 오랜 친구들을 만나면 내가 영업 분야에서 성공을 거두고 있다는 것에 놀라움을 표한다. 그들에게 기억되는 최현우는 분명 조용하고, 진지하고, 한마디로 존재감이 없던 아이였는데…….

"네가 영업을 한다고?"

그렇다. 그런 내가 영업을 한다. 그리고 누구에게나 말한다. 영업을 정말 사랑한다고.

어수룩하게 첫 계약을 했던 그 20대 청년도 나 자신이고, 수억 원의 계

약을 수주하는 중년의 영업이사도 내 모습이다. 숨겨진 내 가치를 발견할
수 있었던 환경은 나에게 행운이었고, 그 환경을 헤쳐 나가는 도전을 했다
는 것은 스스로 대견한 일이다.

인생은 저절로 바뀌지 않는다.
의식적이고 계획적으로 반복한 긍정적인 행동들이 모이면
더 나은 새로운 자아가 드러나게 된다.

영업에 대한 편견들

보험 지점장으로 발령받기 직전 리쿠르팅(신규 설계사 채용) 교육을 받을 때의 일이다.

보험회사는 판매도 중요하지만, 판매조직을 늘리는 리쿠르팅이 상당히 중요하다. 이를 통해서 판매의 양을 늘릴 수 있고, 기존 조직에 새로운 활력을 불어넣기 때문에 보험조직에 있어 리쿠르팅은 지속적인 성장을 위한 자양분이다.

내가 알고 있는 지인 중심으로 리쿠르팅 후보자 리스트를 정리하여 한 분 한 분 약속을 잡아 방문했다. 교육의 일환으로 진행된 것이지만 아직 영업이 서툰 나에게 지인을 만나서 상담하는 일은 꽤나 어색하고 어려운 일이었다. 당연히 나는 소극적으로 대화를 이끌게 되었고, 지인이 혹시라도 관심 없음을 표현하게 되면 자연스럽게 다른 대화로 돌렸다.

그러던 어느 날 대학교 선배를 방문하게 되었다. 그 선배 부부는 같은 대학교를 나온 캠퍼스 커플이다. 선배님은 자녀 교육문제로 다니던 직장을 몇 년 전 그만둔 가정주부였다. 방문하여 오랜만에 안부 인사도 나누고 이런저런 얘기를 나누었다. 그러면서 슬쩍 회사의 리쿠르팅 제도와 새로운 기회에 대한 얘기를 조금씩 말씀드리는데 예상했던 것보다 적극적으로 경청을 해주셨다.

그리고 헤어지기 전에 리쿠르팅 설명회에도 한 번 나가보겠다고 선뜻 말씀을 주셨다. 경청해주신 것만도 감사한 일인데, 그분 인생에 새로운 기회를 드릴 수 있겠다는 생각이 들어서 뿌듯했다. 평소에도 살갑게 후배들을 챙겨주셨던 분이고, 지적인 이미지도 가지고 계셔서 이 일에 잘 맞을 거라는 예상까지도 해보면서…….

하지만, 그 예상은 그리 오래가지 않았다. 며칠 후 내 핸드폰으로 묵직한 남자분의 전화가 왔다. 바로 그 선배의 남편이다. 반갑게 인사를 드렸지만 그분의 첫마디는 이미 불쾌감의 극단에 있었다.

"니가 나한테 이럴 수 있어? 니가 뭔데 집사람을 보험 영업 시키려고 하는 거야. 어? 이 녀석이 그동안 잘해줬더니 우리 집안을 망가뜨리려고 말이야. 다 필요 없고, 너 집사람한테 앞으로 전화하지 마. 알았어?"

바로 전화 끊는 소리가 들렸다. 폭풍이 지나가듯 전화를 받은 후 정말 한참동안 멍하니 서 있었다.

정신을 차린 후에 곰곰이 생각해 보았다.

내가 그렇게 나쁜 일을 한 것인가? 그렇다면 내가 아는 모든 보험설계사의 인생이 잘못되었단 말인가? 엄마로서 아내로서 직장인으로서 정말 멋지게 자기 인생을 개척하고 열정적으로 살아가는 그분들이…….

내 일에 대한 자괴감이 들기보다는 내가 아는 설계사들이 매도당하는 기분이 너무 싫었다. 불쾌감을 표현한 선배의 강한 거절이 신기하게도 나에겐 확신을 주었다.

그 이후로 그 선배부부와 연락은 되지 못했지만, 인식의 차이가 사람과의 관계에서 얼마나 무서운지를 절감하는 계기가 되었다.

잘못된 영업을 하는 사람은 질타의 대상이 되지만
영업 자체는 편견의 대상이 아니다.
영업은 필요와 결핍을 채워주는 고귀한 행위이다.

보험회사에서 지점장으로 근무할 때의 일이다.

경기도 부천에 있는 지점으로 발령받고 나서 우수고객을 한 분씩 방문하는 계획을 잡았다. 우수고객을 유치하고 유지하는 일은 지점 매출에 지대한 영향을 끼치기 때문에 최우선으로 관리해야 했다. 고급스런 와인 한 병을 챙겨서 설계사와 직접 방문하는 일정을 잡았다.

그때 알았다. 한 달에 500만 원 이상 보험료를 납부하는 분들이 이렇게나 많구나.

그분들은 저축성 보험이나 연금 보험을 통해서 절세효과도 누리고 보장 혜택도 받기를 원했다. 한 달에 500만원. 누구에게는 한 달 월급이고 누구에게는 몇 달의 생활비가 될 수 있는 금액이다.

궁금했다. 도대체 이런 거금을 매월 납입하는 분들은 어떤 분들일까?

사무실이 위치한 부천시 북쪽에는 각종 회사의 공장과 공구상가가 밀집해 있는 지역이 있다. 이곳에서 공장에 납품하는 공구를 도매하는 분이 고액 계약자라고 했다.

담당 설계사와 방문한 그 날. 사무실에서 고급스런 의자에 앉아 있는 사장님을 상상하고 갔다. 그래서 둘러봤다. 어디 계시지?

기름때가 잔뜩 낀 작은 공구상가에서 장갑을 끼고 바쁘게 움직이는 직원들만 보이지 사장님 모습은 눈에 띄지 않았다. 각종 공구들은 선반에 놓여 있고, 기름 냄새가 내 코를 찔렀다.

그때 설계사분이 그 직원 같은 사람 중 한 명에게 넙죽 인사를 하는 것이 아닌가?

"아이고! 사장님, 바쁘시네요?"

그때 돌아선 40대 중반의 사장님은 그냥 평범한 직원과 다름이 없었다. 잠시 멍하니 있던 나는 분위기를 파악하고 얼른 인사를 드렸다. 그분이 음료수나 한 잔 하자며 데리고 간 사무실은 비좁았고 책상 위에는 어지럽게 서류들이 널려 있었다.

미리 설계사에게 들었던 고객 정보를 다시 되새겼다. 공구상가의 점원으로 일하다가 작게나마 독립하였고, 사업 수완이 좋고 사람이 좋아서 계속 사업을 키웠다고 했다. 그래서 40대의 나이에 큰 부를 쌓았다고 했다.

왠지 깔끔한 와이셔츠와 넥타이를 맨 내 자신이 초라해졌다. 그 분이 입고 있는 기름때 묻은 점퍼가 고귀해 보였다.

'겉으로 보이는 행색이 모든 것을 대변하지는 않는구나.'

며칠 후 방문한 우수고객은 평범한 가정집 주부였다. 50대의 나이로 보이는 우리 주위에서 흔히 볼 수 있는 중년 주부의 모습. 부천의 고급 주택지역도 아닌 오래된 주거지역의 30평 정도 아파트에 살고 계신 분이었다.

'이런 분이 한 달에 1,000만원을 납입하시는 것이 맞아?'

또 한 번 내 상상은 여지없이 깨졌다. 그 분은 남편과 함께 부동산 투자로 큰 부를 이루었다고 한다. 우리에게 식사했냐며 떡과 음료수를 권해 주셨다. 먹는 내내 머릿속에서는 이런 생각이 맴돌았다.

'사람마다 사는 모습은 정말 다르구나. 재력이 많든 적든.'

그분과 고액 계약이 되었기에 지난달 우리 지점이 작게나마 상을 받을 수 있었다. 주신 음식을 먹으면서 자녀 얘기, 동네에서 일어나는 자질구레한 얘기들을 나누는데 그 얘기들과는 무관하게 긴장했던 기억이 난다.

우리 지점 최고 우수고객이지 않은가?

영업을 하면서 사람의 본질을 배운다.
행복과 불행, 좋음과 나쁨은 개인의 경험과 가치관에 좌우된다.
영업은 상대방에게 열린 마음을 가질 때 길이 보인다.

B2B영업에 뛰어들다

　보험회사에서 영업교육 담당과 강사로서 엄청난 재능을 발견했고, 그 재능을 더 키워볼 욕심으로 영업 지점장보다는 영업교육 전문가로의 길을 택했다. 그렇게 마음을 먹고 이직한 곳은 눈높이교육으로 유명한 D기업이었다. 8년간 영업교육 담당자로서 많은 경험을 쌓을 수 있었고, 분명 성과도 많았다.

　처음 2~3백 명에 불과했던 조직은 3,000명의 전국 조직으로 성장했고, 영업활동 툴(TOOL)인 'MI다중지능 심리검사'를 연구소와 함께 개발하여 빅 히트를 쳤다. 하지만 보수적인 회사 문화에서 성장이 정체되어 있는 내 자신에게 지쳐 있었다.

　돌파구가 필요했다.

　다시 한 번 성장하는 내 모습을 보고 싶었다.

　대기업의 잘 갖춰진 조직과 안정적인 사업은 이제 매력적인 것이 아니었다. 39살. 적은 나이도 아니다. 이번에 이직하면 직장생활의 마지막이라고 봐야 한다. 그럼에도 과감하게 사표를 던지고 직장을 옮겼다.

　내가 옮긴 곳은 바로 지금 근무하는 기업교육 솔루션 회사이다. 헤드헌터를 통해 오픈된 직무는 기업 대상으로 교육상품과 서비스를 제안하고 수주하는 B2B(Business to Business) 영업 업무였다.

해보지 않은 분야라서 솔직히 겁도 났지만 마음이 이끌렸다. 이제까지 영업자들에게 영업교육을 했던 사람이 정반대 입장이 되어 내가 직접 영업을 해야 하는 것이다. 그것도 기업 대상으로. 눈과 귀로는 하이퍼포머들의 영업패턴과 스킬을 보고 들어왔고, 나름 영업의 핵심이 되는 키워드를 체계화해 놓았지만 이제는 그것을 내 입과 발로 증명해야 하는 자리이다.

아직 회사에는 상품도 별로 없었고, 업계에서 인지도 또한 높지 않았다. 하지만 홈페이지에서 보이는 회사의 문화가 뭔가 독특하고 끌리는 매력이 있어서, 이제까지 근무했던 회사들보다 자유로워 보였고, 파릇파릇 생기가 있어 보였다. 1차, 2차 면접을 보러 갔을 때 옆 회의실에서 들려오는 직원들의 밝은 웃음소리와 지나가는 직원들의 활기찬 모습도 좋았다.

감사하게도 합격이 되어 출근을 했는데 확실히 기존 회사와 달랐다. 내가 회사에 빠르게 적응하도록 비슷한 나이의 직원과 '버디버디'라는 친구를 맺어주었고, 부서별로 짝을 지어서 식사 자리를 무료 지원하는 이벤트 등으로 타부서와 소통하는 기회도 많았다.

5년마다 1번씩 한 달간의 유급휴가를 주는 제도는 아직 나에게는 먼 얘기였지만 매력적이었다. 하지만 이 글을 쓰고 있는 지금, 먼 얘기 같던 휴가를 2번이나 다녀왔으니 참 세월이 빠르긴 하다.

기존에 경험했던 B2C 영업과 새로운 B2B 영업이 대상은 다르지만 기본적으로 영업의 본질은 같다고 생각했다.

우선, 이제까지 체계화해놓은 하이퍼포머들의 습관과 패턴을 내 영업

활동에 적용해 보기로 했다. 고객과 방문 약속을 잡기 위해 나만의 콜드콜(Cold Call) 전화 스크립트를 만들었고, 방문했을 때 경청하고 메모하는 기본적인 활동부터 실천했다.

다행스러운 점은 기존에 S생명과 D사의 영업조직에 의외로 많은 내향적인 영업인이 있었다는 점이다. 그들 중에는 고소득을 올리는 높은 직급의 매니저도 많았다. 개인적으로 만나면 대부분 나처럼 진지한 분들이었고 말수도 많지 않았다. 하지만 그들에게는 고객을 관리하는 자기만의 노하우가 있었고, 공통적으로 꾸준한 활동력을 지니고 있었다.

'나도 그들과 똑같이 행동하고 생각하자!'

다짐하고 또 다짐했다.

> **"영업에 성공하길 원한다면**
> **이미 성공한 선배들의 '행동방식'을 알아내어**
> **그 방식을 계속 따라하는 것이다"**
>
> – 브라이언 트레이시 <판매의 원리> –

필연적으로 영업에 적응하는 기간이 필요했다. 속으로는 꽤나 초조했다. 같은 팀에 있는 외향적인 직원들이 시원시원하게 상담하고 매출을 올리는데 나는 꾸준하게 두드리고만 있으니. 서서히 작은 매출들은 올릴 수 있었지만 처음 2년간은 평범한 영업사원의 매출 그대로였다.

나보다 어린 영업사원이 대부분이었기에 티도 못 내고 누가 뭐라고 하는 사람도 없는데 내 자신이 스스로 조바심을 냈다. 그러면 그럴수록 내가 맨 처음 세웠던 철칙인 '기본에 충실한 영업'을 억지로라도 상기했다.

'기본 프로세스를 유지하자. 계속 고객을 발굴하고 니즈를 파악하고 작은 계약이 성사되면 성심껏 관리해드리고. 고객과 신뢰 관계를 쌓자.' 매일 마음으로 다짐했다.

그리고 드디어 3년 차에 기다렸던 포텐이 터졌다.

이제까지 대형 업체와 온라인 교육을 진행하던 여러 고객사에서 처음으로 연간계약 제안 기회를 주셨고, 몇 달에 거쳐 연거푸 5개 고객사의 입찰 경쟁에서 모두 수주를 한 것이다.

그 당시에 우리 회사는 아직 수억 원의 연간계약이 흔치 않을 때라서 사무실에 있는 직원들이 축하의 박수를 쳐 주면서 함께 기뻐했던 기억이 생생하다. 그 이후로 매출은 계속 증가하였고, 2019년 32억이라는 개인 최고 매출과 함께 회사 연도상을 수상했다. 그리고, 감사하게도 영업이사의 직함을 받게 되었다.

영업이 이런 맛이 있구나.
성공한 선배의 방식을 꾸준히 따라하고
기본을 잃지 않으면 분명 결과는 나온다.
내향적인 것은 내 안에 존재하는 것일 뿐,
인생의 성공은 내 마음과 습관으로 좌우된다.

작은 성공 경험의 힘

인간 욕구 5단계 이론으로 우리에게 너무나 잘 알려진 미국의 심리학자 Maslow는 1956년 9월 미국심리학회 성격 및 사회심리학 분과회장 역임 당시 발표한 연설에서 처음으로 절정경험(peak experience)이라는 개념을 언급했다.

이 개념은 우리가 살아온 과거 경험과 추억에서 쉽게 찾아볼 수 있다.

- 누군가에게 사랑의 감정을 강하게 느꼈을 때
- 결혼하여 첫 아이를 출산하는 과정에서 아이를 처음으로 안아봤을 때
- 유명 관광지에 가서 놀라운 자연환경이 눈앞에 펼쳐졌을 때
- 내가 원하던 학교 또는 직장에 합격했을 때

우리는 최상의 행복감과 완성감을 느꼈을 것이다. 바로 이러한 순간에 나타나는 인지적 현상들을 '절정경험'이라고 한다. 이 이론에서 매슬로우는 자아를 실현한 사람이 되기 위해서는 절정경험의 순간들이 일상생활에서 생생히 유지되고 기억되어야 한다고 주장했다. 절정경험의 상태는 자아실현을 한 사람이 보통 사람들보다 더 강하고 더 자주 겪는다고 하였다.

초등학교 5학년으로 기억한다. 그 전까지는 그다지 공부에 취미를 붙이지 못했다. 친구들과 야구놀이 하는 것이 재미있었고, 작은 식당을 하는 어머니를 도왔던 기억이 난다. 식당에 딸린 작은 방에서 주로 생활했기에 공부하기에 좋은 환경은 아니었다. 삼촌이 준 약 30권 정도의 위인 전집을 읽는 것이 유일한 독서였고 공부였다.

그러던 어느 날 내가 처음으로 공부로 상을 받아온 날이 있었다. 매번 성적이 뒤에 있던 내가 어떻게 상을 받게 되었는지 지금도 기억은 안 난다. 다만 고생하는 어머니께 뭔가는 보여드리고 싶었던 어린 마음은 기억이 난다. 첫 상장을 받아와서 어머니께 드렸는데 너무 좋아하시면서 집에 걸어놓아야겠다 하셨다.

다음 날 학교에서 돌아 와보니 정말 상장 케이스에 상장을 넣어서 벽에 걸어놓으신 것이다. 그 광경이 아직도 생생하게 기억이 난다. 반지하의 특성상 햇볕이 충분히 들어오지 않아 약간 어둡기 마련인데 햇볕이 들어오는 곳에 놓인 상장 케이스의 유리가 반짝였다. 나는 그 광경 자체에 저절로 어깨가 으쓱했고, 반짝반짝 빛나는 상장을 또 받아오고 싶은 욕심이 어린 마음에 생겨났다.

그때부터 중학교에 다닐 때까지 반지하의 방은 상장들로 하나 둘 채워졌던 기억이 난다.

매슬로우의 이론에 의하면 절정경험 상태에 있는 사람들은 자신의 모든 능력을 최상의 상태에서 최대한으로 사용하기 때문에, 일반적으로 자신이 최고의 권능 상태에 있는 듯한 느낌을 받는다고 한다.

또한, 자신의 행위에 대해서 더 책임 있고, 더 능동적이고 더 창조적인 주체가 되려고 한다. 그래서 보통 때는 노력하고 애써야 하는 일들이 절정 경험에서는 애쓰거나 힘들다는 느낌 없이 '저절로 이뤄지는 것'처럼 느껴진다고 말한다.

우리는 회사에서 큰 프로젝트를 성공적으로 마쳤거나 내 능력에 대해서 인정받았을 때 이러한 느낌을 받았던 적이 분명 있을 것이다. 이러한 경험은 나에게 자신감과 자존감을 불어 넣어주고, 나는 다시금 그 순간을 경험하기 위해 신이 나서 다시 도전하게 된다.

누구나 이러한 성공 경험이 주기적으로 빈번하게 일어난다면 자연스럽게 그 분야의 성공에 접근하게 될 것이다. 처음부터 세일즈를 잘 하는 사람은 없다. 갓난아기가 여러 번의 도전 속에 처음으로 등을 뒤집었을 때를 떠올려 보라! 세상이 달라 보이고, 환호성을 지르는 엄마 아빠의 칭찬 세례가 쏟아지는 것처럼 세일즈맨은 작은 성공 속에서 조금씩 성장하고 절정경험의 좋은 기억이 뇌 속에 저장되는 것이다.

이것이야말로 영업인이 꼭 겪어야 할 성공의 계단이다.

**성장하고 싶다면
작은 성공 경험들을 지속적으로 경험하라.
어느 순간 내 거울 앞에 거인이 서 있을 것이다.**

<참고 문헌>
· 존재의 심리학 (아브라함 H. 매슬로 지음 / 문예출판사)

영업이 만들어준 귀한 인연

몇 년 전의 일이다. 연간 온라인교육 계약을 맺고 관리해드리는 보험 고객사가 있었다.

어느 날 그 회사의 한 현업 부서에 있는 차장이라고 자신을 소개하면서 전화가 왔다. 최근 우리 회사에서 출시된 온라인 과정인 '행복한 인문학당'이 너무 마음에 드는데 검수할 수 있도록 자신에게 무상으로 제공해 줄 수 있는지 문의를 주셨다.

인문학당 과정은 문학, 역사, 철학 각 분야 유명 교수진의 인문학 강의를 총망라한 최신 상품이며, 100만 원에 이르는 고가의 과정이다. 보통의 경우라면 정중하게 어떤 용도로 활용하실지 여쭤보면서 머릿속에서 계산을 했을 것이다. 나에게 도움이 될 고객인지 아닌지.

그런데 뭔가 이상했다. 전화 너머에서 들여오는 목소리에서 진심이 느껴졌다. 정말 우리 회사 온라인 과정을 좋아하시는 분 같았다. 내 권한으로 과정 무료 검수를 1년까지는 드릴 수 있기에 선뜻 서비스를 오픈해드리겠다 말씀드렸다.

내 흔쾌한 답변에 그분은 너무 감사하다고 말씀하셨다. 나도 왠지 미소가 지어졌다. 그리고는 그분을 까맣게 잊고 있었다.

1년쯤 후에 그분이 전화를 다시 주셨다. 바로 기억하지 못했다.

"누구 셨더라……. 아. 인문학당 요청하셨던 분이시군요."

그 날의 일을 설명해주시니 기억이 났다.

앗! 그러면서 반가운 소식을 전해주는 것이 아닌가?

본인이 서울에 있는 교육부서에 발령이 났다고 하셨다. 내 핵심 고객사의 교육담당자로 오시다니……. 얼떨떨했다. 아 이렇게 인연이 이어지는구나.

얼마 후에 사무실로 인사드리러 갔고 그곳에서 처음으로 대면 인사를 드렸다. 이미 오랜 지인인 것처럼 서로 웃고 즐겁게 대화를 나눴다. 그리고 원하시는 교육상품을 도움 드릴 수 있게 되었다.

그리고 6개월쯤 시간이 흘렀다. 당시에 나는 대학원 입학 준비를 하고 있었는데 다행히 인적자원개발 전공에 합격이 되었고, 나보다 나이 어린 동기들과 새로운 신입생이 되었다.

대학원은 반기마다 한 번씩 동문회가 개최되었고, 오랫동안 이어져 온 전통으로 신입생들의 장기자랑 시간이 있었다. 장기자랑 준비를 하면서 전혀 모르는 동기들끼리 빠르게 친분을 쌓을 수 있고 힘차게 새 출발을 하자는 의미였다.

일주일 넘게 틈틈이 동기들과 연습을 했고 드디어 호텔에서 개최되는 동문회 모임에 참석했다. 행사장에 들어가니 면접 자리에서 만났던 교수님도 보이고, 낯선 선배들이 앉아 있었다. 조금은 경직된 마음으로 주위를 두리번거리면서 내 이름이 있는 지정 좌석에 앉았다.

앗! 그런데…… 놀랍게도 가까운 자리에 그분이 앉아 있는 것이다.

"엇! 차장님 왜 여기 계세요?"

"야~ 너 들어온다는 거 며칠 전에 들었다. 축하한다. 나 대학원 이번에 졸업해. 하하하."

와! 이런 인연이 있다니······.

그분과 대학원 선후배라는 인연까지 추가된 것이다. 정말 기뻤다.

그때 알았다. 고객은 내가 판단하는 것이 아니라고. 어떤 고객이 나에게 우수고객이 될지는 아무도 모른다.

저 고객은 얼마짜리 고객이야. 저 고객은 계약이 안 나올 거야. 이런 마음은 정말 영업의 하수나 하는 유치한 계산인 것이다.

그때의 기억과 깨달음은 강렬하다.

어떤 고객이든 함부로 판단하지 않는다.
귀한 인연이 맺어질 수 있음을 알기에.

2장 ─ 내향인의 강점 살리기

"

인생의 진정한 비극은 우리가 충분한 강점을 가지
고 있지 않다는 데 있지 않고, 오히려 가지고 있는 강
점을 충분히 활용하지 못하는 데 있다.

"

- 벤자민 프랭클린, 정치가 -

내향성과 외향성의 차이

나는 회사 회식이나 사회적인 모임에 참석해서 여러 반가운 사람들과 얘기를 나누고 술 한 잔 하는 것을 좋아한다. 다만 내가 빨리 지치는 것이 문제다.

내가 그들을 싫어하는 것도 아니고 그들과 함께 대화하는 것이 좋음에도. 일정 시간이 지나면 나도 모르게 모임을 끝내고 조용히 혼자 있고 싶어진다. 수명을 다하기 직전인 노트북 배터리처럼. 실제로 이런 내 자신이 상당히 싫었던 적이 있었다. 뭔가 사회성에 문제가 있는 사람 같고, 인생의 성공을 가로막는 장애로까지 느껴졌다.

정말 나는 장애를 가진 것일까?

스위스의 정신의학자 칼 구스타프 융은 인간의 심리적 에너지가 작용하는 방향에 따라 내향성과 외향성으로 분류하였다. 관심이 자신의 내면 세계에 향해 있는 특성을 내향성으로, 관심이 외부세계와 외부 대상으로 향해 있는 특성을 외향성으로 보았다.

미국에서 가장 권위 있는 유명한 내향성 연구가인 마티 올슨 래니는 내향적인 사람과 외향적인 사람의 가장 중요한 차이를 배터리를 충전하는 방식으로 비유했다. 대부분의 외향적인 사람들은 말하기를 좋아하고, 외부 활동에 적극적으로 참여하며, 사람이나 다양한 일들에 같이 어울려 일하기를 즐긴다.

외향적인 사람들은 외부 활동을 통해 배터리를 충전한다. 사람이나 외부세계와 접촉하지 못하면 외로워하거나 기운이 빠진다. 반면에, 내향적인 사람은 내면세계의 생각과 감정에서 배터리를 충전한다. 이들은 스스로 에너지를 충전할 수 있는 조용하고 사색적인 공간이 필요하다.

내향적인 사람이 에너지를 회복하려면 시간이 오래 걸리며 소모되는 속도 또한 외향적인 사람보다 빠르다.

그렇다면 왜 내향적인 사람은 에너지 소모가 빠를까?

그것을 과학적으로 설명한 것이 바로 독일계 영국인 심리학자 한스 아이젱크(Eysenck)의 '각성이론'이다. 과학자들은 머리에 부착한 전극을 통해 뇌의 혈류와 전기활동을 측정하는 장치인 EEG(Electroencephalographic)를 연구에 활용했다. 이 실험을 통해 내향적인 사람은 특정한 자극이 없는 상태에서도 외향적인 사람보다 더 각성되어 있음을 발견하였다.

레몬즙 실험을 통해서도 의미 있는 결과를 보여주었다. 레몬즙을 혀에 네 방울 떨어뜨리고 20초 동안 두었을 때 분비되는 침의 양을 중립 조건과 비교하는 것인데, 내향성이 높을수록 레몬즙 자극에 의한 침의 분비량이 더욱 늘어났다.

이러한 각성 이론에 따르면 내향적인 사람은 외향적인 사람보다 대뇌 피질이 더 높은 수준의 각성 상태에 있고, 자극에도 더 반응적이라는 것이다. 이는 내향적인 사람의 뇌가 외향적인 사람의 뇌보다 자극에 예민하게 반응한다는 것을 의미한다.

즉, 내향적인 사람들은 자극에 의해 쉽게 각성되기 때문에 최적의 수준을 유지하고자 사회적 자극들을 피하게 되는 것이다. 외향적인 사람들은 자극에 쉽게 각성되지 않기 때문에 적정 수준의 자극을 유지하기 위해서 사회적 자극들을 계속 추구하게 된다.

기술의 발달로 뇌를 좀 더 자세히 관찰하게 된 1990년 후반부터 더 많은 생물학적 근거들이 나오기 시작했다.

데브라 존슨(Debra johnson) 박사는 내향적인 사람과 외향적인 사람 집단으로 나누어 편안하게 마음을 이완시키고 소량의 방사성 물질을 혈류 속에 투여하여 양전자 방출 단층촬영(PET)을 통해 두뇌활동을 들여다보았다. 그리고, 놀라운 두 가지 사실을 발견했다.

첫째는 내향적인 사람이 외향적인 사람보다 뇌로 공급되는 혈액의 양이 더 많다는 것이다. 인체의 어느 부위로 혈액이 흐르면 언제나 그 부위는 더 민감해진다는 것이다.

둘째는 혈액의 이동경로가 내향적인 사람과 외향적인 사람이 서로 다르다는 것이다. 내향적인 사람의 혈액은 두뇌에서 기억이나 문제 해결, 계획 같은 내적인 경험들과 관련된 부위로 흐른다. 그것은 내향적인 사람이 자신의 생각과 감정에 주의를 집중하고 있다는 반증이다. 외향적인 사람은 혈액이 두뇌에서 시각과 청각, 촉각, 미각을 통해 감각이 처리되는 영역으로 흐른다. 외향적인 사람은 감각기관을 통해 받아들이는 것에 집중하고 있는 것이다.

왜 내향적인 사람이 내적 자극이 많은지 생물학적으로 밝혀낸 것이다.

마티 올슨 래니는 내향적인 사람의 입장에서 외부 자극을 간지럼에 비유했다. 처음에는 기분이 좋고 재미있다가도 어느 순간 감당하기 힘든 불편함으로 돌변하는 간지럼으로.

내향적인 사람과 외향적인 사람은 서로 완전히 구분되어 있을까?

내 행동들을 되돌아보면 꼭 그렇지는 않다. 내향적인 사람은 맞지만 상황에 따라 외향적인 행동을 하기도 한다. 내가 정말 권하고 싶은 상품을 고객에게 설득할 때는 어느 외향적인 사람보다도 자신감 있고 도전적이다. 영업 수주를 위해 고객사에서 프레젠테이션을 할 때도 15분이라는 짧은 시간을 여유롭고 자신감 있는 모습으로 이끈다.

그래서 친한 고객에게 사실 내향적인 성격이라고 얘기하면 잘 믿지 않는다. 하지만 그런 열정적인 활동들의 끝에는 조용한 휴식이 필요하다. 혼자만의 시간을 본능적으로 취하게 된다. 내향적인 사람 본연의 모습으로.

나는 두 가지 행동 모두 진정한 모습이라고 생각한다. 내가 하고 싶어 하는 행동에 대해서는 전혀 힘들지도 않고 지치지도 않는다. 오히려 그런 외부 자극을 즐길 때도 있다.

위에서 언급한 정신의학자 융은 외향성과 내향성을 구분하면서 어느 것이 좋고 나쁘다고 주장하지 않았다. 외향성-내향성의 연속선상에서 어디에 있든 모두 건강하고 필요한 것이라고 보았다.

삶의 연속선상에서 사람들은 각자 타고난 기질과 다양한 경험을 통해 어느 점에 귀결된다. 하지만 그 점이 장애로 느껴지거나 부족함으로 느껴질 필요는 없다. 결국 중요한 것은 내 강점과 약점을 잘 이해하고 존중하며 조화롭게 인생을 이끄는 것이다.

영업의 성패는 성격과 성향의 문제가 아니다.

내가 판매하는 상품과 서비스에 얼마나 매료되어 있으며,

그 매료된 마음을 고객에게 어떻게 전달하느냐가 본질이다.

<참고 문헌>
· 내향성과 외향성의 특성에 따른 진로준비행동 탐색 (2017, 건국대 논문, 김예슬) p15~16
· 내향적인 사람이 성공한다 (마티 올슨 래니) p29, p78

특유의 민감함

고객을 처음 만났을 때 나는 나도 모르게 셜록 홈즈가 된다.

의식적으로 보려고 보는 것이 아닌데 어느 순간 고객의 모든 것을 스캔하고 있는 나 자신을 보게 된다. 그분의 옷차림과 표정, 움직임 하나하나까지. 영업현장에서 오래 일했다는 이유만으로 해석하기에는 무리가 있어 보인다. 그냥 보게 되고 그냥 알게 된다.

첫 만남을 했을 뿐인데, 이 분과의 미래가 어떻게 전개될지까지 그 자리에서 떠오를 때도 있다. 가끔 내가 점쟁이라도 되었나 스스로에게 놀랄 때가 있다. 그렇다고 내가 모든 것을 맞추는 것도 아니다. 다만 본능적으로 예민하게 탐색하는 나 자신을 느끼고, 그분의 행동과 억양 속에서 그분의 속마음까지도 유추하게 된다.

가족에게 내가 좀 예민하냐고 물어봤더니 모두 이구동성으로 그렇다고 한다. 그럼 언제 가장 예민하냐고 물어봤다. 아내는 복잡한 길을 운전할 때나 좁은 길에 들어섰을 때 운전석에서 예민하게 반응하는 나를 떠올렸다. 막내딸은 집에서 아빠가 뭔가 집중하고 있을 때 떠들면 예민하게 반응한다고 말한다. 나를 돌이켜보니 정말 그런 것 같다.

몇 가지 내 행동의 특징들을 정리해 보았다.

· 한 가지에 집중하는 것을 잘한다. 단, 방해를 받지 않아야 한다.

· 종종 그 날 있었던 내 행동들을 되돌아보면서 혼자 중얼중얼한다.

· 다른 사람의 기분과 감정에 영향을 받는다.

· 관심이 가는 물건이나 사람에 대해서 특징적인 것을 빠르게 포착한다.

· 새로운 공간에 들어갔을 때 세밀한 부분까지 나도 모르게 스캔이 된다.

이처럼 나는 다른 사람들이 지나쳐버릴 수 있는 사실을 알아차릴 수 있고, 무의식적으로 정보를 찾아내 처리하는 프로세스를 갖춘 것으로 보인다.

<타인보다 더 민감한 사람>의 저자 일레인 N. 아론은 이러한 민감한 특징에 대해 '배운다는 의식을 하지 않고 배울 수 있다'고 표현했다. 또한, 민감한 사람이 겉으로는 수줍어하고 조용해 보이지만 외부의 사람과 사물에 대해 미묘한 차이까지 느낀다는 점에서 내면적으로는 적극적인 사람이라고 얘기한다.

내향적인 사람들은 관찰력과 직감이 뛰어나다. 눈빛 하나, 말 한마디가 모두 그들의 연약한 신경을 자극할 수 있기 때문이다.

주변 사물이나 현상을 자세히 살펴보는 능력은 영업에도 매우 도움이 된다. 고객의 마음을 파악하여 손쉽게 호감을 살 수 있도록 공감해주기도 하고, 중요한 판매의 순간 고객의 작은 행동에도 렌즈를 맞춰 그 변화를 잘 포착해낸다.

<관찰력이 빛을 발하기 위한 Tip>

1) 관찰력을 가지고 있다고 모든 것이 해결되지는 않는다. 고객과 대화시 본질적으로 의미 있는 것과 그렇지 않은 것을 걸러낼 수 있어야 한다. 이를 위해서 고객 상담 전에 확인해야 할 사항과 대화해야 할 주제를 꼼꼼히 준비해야 한다.

2) 자신의 분석적인 사고 역량에 대해 긍정적으로 바라봐야 한다. 민감한 내향인은 변화, 오류, 결점 등을 발견해내는 데 탁월한 재능이 있다. 그래서 '내가 너무 사소한 것까지 챙기는 것은 아닌지' 고민하기도 한다. 하지만 목표를 이루기 위해 가장 효과적이고 체계적인 과정을 거치고 있는 것이다.

3) 심사숙고 끝에 자신의 생각을 이야기하는 진중한 태도는 고객관리에서 매우 중요하다. 이에 대해 외향적인 사람들은 지나치게 신중하다고 얘기할 수 있다. 하지만 의견을 말하기 전에 깊은 생각을 거치면 하고 싶은 말을 더 조리 있게 정리할 수 있고 자신 있게 주장할 수 있다. 또한, 중대한 결정을 하기 전에 결과를 다각도로 예측하기 때문에 더 좋은 결정을 내릴 수 있다. 분명 고객은 당신의 진중한 태도에 더욱 신뢰감을 보일 것이다.

<참고 문헌>
· 타인보다 더 민감한 사람 (일레인 아론, 웅진지식하우스) p30, p43, P73

뛰어난 집중력

내향적인 사람은 대인 관계가 단순할수록 좋다고 생각하며, 보통 관심사가 같거나 전문적인 모임을 선호한다. 복잡한 인간관계를 특히나 싫어하는데 그 이유는 시간 낭비, 에너지 소비로 느끼기 때문이다. 또한, 자신이 관심 있는 영역에 깊이 빠지는 편이며 고도의 집중력을 발휘할 수 있다.

세계적인 투자자 워런 버핏은 내향적인 사람으로 잘 알려져 있다. 그는 천문학적인 재산의 소유자이지만 생활은 매우 단순하고 소박하기로 유명하다.

출근길에는 주로 맥도널드를 이용하고, 오래된 캐딜락을 타고 다니며, 1958년에 매입한 집에서 50년 넘게 살고 있다. 이렇듯 버핏은 자신이 좋아하는 투자 사업에 온 마음과 정신을 집중하고 개인의 시간을 함부로 낭비하지 않는다. 이처럼 내향적인 사람은 조용하고 겉으로 드러나진 않지만, 관심 분야에 몰입하고 고도의 집중력을 발휘할 수 있는 성공 자질을 갖추고 있다.

영업을 하다보면 결정적인 순간이 있다. 놓치면 다시 돌아올 수 없는 시간. 그 순간을 잡느냐 놓치느냐가 영업의 성패를 좌우하고 고수와 하수를 구분하는 기준점이 되기도 한다.

고객은 꾸준히 나에게 메시지와 정보를 보낸다. 하지만 그것을 빠르게 이해하고 판단하는 것은 온전히 영업인의 몫이다. 그리고 그 빠른 판단은 집중력에서 나온다.

<결정적인 순간 1>

나는 몇 년 전 지방 혁신도시에 있는 A고객사에 새롭게 연간 계약 수주를 도전하고 있었다.

담당자와 6개월간 여러 번 만나서 원하는 부분과 기존 운영 업체의 부족했던 점도 파악할 수 있어서 나름대로 좋은 경쟁이 될 거라 판단했다. 그런데 경쟁 입찰 공고를 얼마 남겨 놓지 않은 시점에 담당자가 새로 바뀌어 버렸다. 기존 담당자는 어떤 암시도 없이 발령지로 이동했고 어떻게 제안요청서가 공고될지 정보도 파악하기 힘들었다.

이대로 그냥 지켜만 볼 수 없었기에 고민한 끝에 최대한 빨리 새 담당자를 만나야겠다 생각했다. 하지만 새 담당자는 새로 업무를 맡았기에 업무파악이 필요하다며 굳이 먼 지방까지 내려올 필요는 없다고 했다. 하지만 이분을 만나야 안개 속에 빠진 입찰 방향을 확인할 수 있을 것 같았다.

근처에 있는 여러 고객사를 방문할 겸 내려갔고, 그 담당자에게 전화를 했다. 가까이에 있는 고객사에 온 길에 잠깐 인사만 드리러 가고 싶다고 했다. 다행히 그분도 흔쾌히 승낙해주었다.

15분 정도의 짧은 만남이었지만 정말 오길 잘했다 생각했다.

바로 결정적인 순간이었던 것이다. 그분은 기존 담당자와는 완전 다른 스타일이었고, 본인이 생각하는 장기적인 플랜도 가지고 있었다.

그분은 단순히 온라인 교육만을 생각하지 않고, 자체 직무교육을 동영상으로 제작하여 사내에서 공유하고, 외부 컨설팅을 받아서 최근의 다양한 HRD 솔루션을 활용하고 싶어 했다. 이 부분은 우리 회사가 가장 잘할 수 있는 분야이고, 그에 대한 자료를 보내드리겠다 말씀드렸다. 장황한 이야기보다는 장점을 명확히 부각해드리고 싶었다.

담당자의 방향성을 명확히 인지할 수 있었고, 그에 맞게 꼼꼼히 준비하여 결국 기존 업체를 이기고 수주를 할 수 있었다.

<결정적인 순간 2>

B기업은 모 대기업이 그룹 구조조정 차원으로 매각을 하면서 1년 전에 독립하게 된 고객사이다. 기존에는 그룹 인재개발원에서 인사, 교육 지원을 받았지만 이제는 홀로서기를 해야 하는 입장이라서 담당자는 모든 것을 하나하나 준비해야 했다.

교육체계가 아직 안 잡혀진 상황에서 여러 온라인 교육업체에 제안요청을 한 것으로 보였다. 최근 인기가 많은 과정들로 추천 리스트를 구성하여 제안 드렸고, 내가 드릴 수 있는 한도로 가격할인 제안도 드렸다.

담당자는 제안한 과정들에 높은 관심을 보이면서도 업체 선정에 대한 어떤 속내도 내비치지 않았다. 성향적으로도 상당히 치밀하고 꼼꼼한 분이었다. 그러면서 여러 번 이메일로 디테일한 사항들을 문의하기 시작했다. 다만, 여러 업체 제안을 받고 있다는 점과 예산의 한계를 얘기하면서 할인 폭을 늘려주길 은근히 기대하셨다.

그때 나는 지금 이 시점이 '결정적인 순간'이라고 판단했다. 가격보다는 전문성이 업체 선정에 더 중요하리라 판단되었다.

"저희는 업계 최고의 콘텐츠와 안정적인 운영을 약속드릴 수 있습니다. 다만, 가격은 이 정도 선까지만 할인이 가능합니다. 만약 추가적인 할인을 원하시면 저희 대신 가격을 맞춰 줄 수 있는 회사와 계약하시는 것이 좋겠습니다."

이렇게 솔직하면서도 단호하게 말씀을 드렸다. 서비스의 가치가 뒷전으로 밀리고 가격으로 승부하게 되면 그 경쟁은 모두 패자가 될 수 있기 때문이다. 그로부터 보름쯤 후에 최종 연락이 왔다. 계약을 하겠다고.

나는 자존심도 지켰고, 매출도 확보할 수 있었다.

<집중력이 빛을 발하기 위한 Tip>

1) 모든 고객사 상황에 동일하게 대처하기보다는 현재 시점에서 냉철하게 우선순위를

정해서 소수의 고객에 집중해야 효과를 높일 수 있다.

2) 고객의 말 한마디, 행동 하나 하나가 모두 나에게 주는 신호이다. 다만, 그것을 살펴

보느냐 놓치느냐는 '꾸준한 관심'에 달려있다.

<참고문헌>
당신이 절대 버리지 말아야 할 것. 내성적인 사람들의 경쟁력(탄윈페이, 국일미디어) p126

꾸준함을 나의 무기로

과거의 유산이나 압박감, 기대에서 도망치면 안 돼요.

오히려 그쪽을 향해 달려야죠.

사람들은 챔피언이라면 안 맞는 줄 알죠.

오히려 그 반대예요.

챔피언도 계속해서 두들겨 맞아요.

단지 다른 게 있다면 챔피언은 포기하지 않고 계속하는 걸

꺼리지 않을 뿐이죠.

펀치를 계속 맞으면서도 이길 때까지 나가는 게 중요해요.

<NBA 감독 닥 리버스 "경기의 규칙, 인생의 규칙", 넷플릭스 다큐멘터리>

내향적인 사람으로도 잘 알려진 과학자 아인슈타인은 본인의 업적에
대해서 이렇게 얘기했다고 한다.

"그건 내가 아주 똑똑해서가 아니라, 문제를 오래 물고 늘어져서다."

내향적인 사람은 문제 해결 방향에 있어서 외향적인 사람과 다르다.

내향성 연구가인 미국의 수전 케인은 저서 <콰이어트(Quiet)>에서 외
향적인 사람은 문제를 해결할 때 빠르고 간편한 접근법을 택하여 정확성

과 속도를 중시한다고 했다. 임무를 수행하는 도중에 실수를 점점 많이 저지르고 문제가 너무 어렵거나 뜻대로 안되겠다 싶으면 아예 포기를 해버릴 확률이 높다고 한다.

반면 내향적인 사람은 행동하기 전에 생각하고, 정보를 철저히 소화하고, 임무를 좀 더 오래 물고 늘어지며, 쉽게 포기하지 않는 기질을 갖고 있다. 내향적인 사람이 지닌 이러한 꾸준함은 영업뿐만 아니라 인생의 다양한 상황에서 중요한 장점이 된다.

윤종신은 요즘에는 가수보다 예능프로그램 방송인으로 더 익숙하다. 하지만 그는 1990년 015B의 객원 보컬로 가요계에 데뷔한 가수이자 작곡가이다.

그는 2010년 3월부터 시작한 '월간 윤종신'이라는 앨범을 10년이 지난 지금까지 쉬지 않고 이어오면서 매달 자신의 일상이 담긴 앨범을 꾸준히 발표하고 있다. 월간지 형식의 신곡 발표. 그 꾸준함만으로도 국내 음악계에서 인정해줘야 하는 대단한 작업이다.

한 일간지와의 인터뷰에서 그는 "1~2년 만에 앨범을 내면 묵은 생각의 앨범이 된다. 하지만 매월 한두 곡씩 발표하면, 그때그때 쌓였던 걸 음악으로 배출할 수 있는 일종의 삶의 배출구 역할을 한다"고 말했다.

앤절라 더크워스(2016)는 그녀의 유명한 베스트셀러 〈GRIT〉에서 꾸준함에 대한 영화감독 우디 앨런의 일화를 얘기했다. 그는 젊은 예술가들이 작가가 꿈이라고 말하지만 실제로는 희곡 한 편, 책 한 권 쓰지 못하는 사람이 대다수라고 말하면서, 이에 비해 일단 희곡이나 소설 한 편을 실제로 완성한 사람은 이를 바탕으로 공연이나 저술 활동을 꾸준히 확장해 나간다고 했다.

정확한 통계는 모르겠지만, 아마도 많은 가정에서 가정용 운동 장비가 베란다 구석에서 먼지만 쌓이거나 빨래걸이로 활용되고 있을 것이다. 대부분의 사람들은 자신의 건강과 체력에 대한 목표를 세워두고 구매했겠지만, 막상 그 의지가 오래 가지는 못한다. 꾸준함을 유지한다는 것은 그만큼 어려운 일이다.

오늘 기울인 노력과 관심을 내일도 그다음 날에도 유지할 수 있는 자신과의 약속과 실천이 중요하기 때문이다.

B2B 영업을 시작한 지 몇 년 안 되었을 때의 일이다.

C사는 4년째 제대로 된 계약을 못 맺은 나에겐 난공불락 같은 고객사였다. 매년 새로운 프로그램을 제안 드리고 담당자에게 방문하여 최근 교육 트렌드 정보를 드리면서 노력했지만 손에 쥐는 큰 계약은 없었다. 하지만 지치지 않고 대리급, 과장급, 차장급까지 한 단계 한 단계 높은 분들을 소개받으면서 교육부서에 친밀한 고객을 늘려갔다.

높은 직급의 고객과 어느 정도 친해져서야 중요한 정보를 알게 되었는데, 이미 경쟁사의 영업담당자가 임원과 골프 영업을 진행하고 있었다는 것이다.

'아… 이런 것을 두고 뛰는 놈 위에 나는 놈 있다는 것이구나.'

마음은 씁쓸했지만 경쟁자가 나보다 더 노력한 것이기에 깨끗하게 인정해야 할 부분이었다. 이때 정말 많이 반성하기도 했다.

그런데, 드디어 예상치 못한 기회가 왔다.

그 임원이 퇴직을 하게 된 것이다. 그러면서 교육부서의 조직이 바뀌게 되었고, 내가 그동안 친밀하게 관리했던 분들이 주요 업무를 맡게 된 것이다. 자연스럽게 나에게 역전할 기회가 왔고, 그동안 고객으로부터 들었던 경쟁사의 아쉬운 점과 본인들이 정말 원하는 사항을 제안서에 잘 담아 프레젠테이션을 했다.

결과는 성공!

그렇게 해서 연간계약을 맺을 수 있게 되었다. 지금도 그 고객사는 수년째 좋은 관계를 유지하고 있고, 가족 같은 고객사로 지내는 중이다.

이 일을 통해 나는 두 가지를 강하게 느꼈고 스스로 성찰하는 계기를 얻었다.

세일즈는 결국 의사결정권자와 가까워지는 노력이 필요하다. 결국 최종에 이기는 사람은 꾸준하게 노력하는 사람이다.

마케팅에 자주 활용되는 용어 중에 '에펠탑 효과'라는 것이 있다.

유럽으로 해외여행 다녀온 분은 대부분 파리의 에펠탑을 방문해 보았을 것이다. 파리 중심에 우뚝 솟은 탑은 누구나 인정하는 대표적인 관광지이자 파리의 랜드마크이다. 하지만 처음 에펠탑이 건설된 1880년대 당시에는 지금과는 정반대의 평가를 받았다.

시민들은 오로지 금속으로만 제작된 거대한 철골 구조물이 파리의 우아함과 고풍스런 문화를 망칠 거라며 격렬하게 건설을 반대했다. 그래서 결국 프랑스 정부가 조건을 들고 나선 것이 건립 20년 후 철거 조건이었다.

하지만 파리 시민들이 고개만 들면 항상 보이는 에펠탑은 오랜 시간이 흐르면서 시민들에게 익숙하게 되었고 그들의 삶 속에 들어갔다. 파리 시민들은 어느 순간 정이 들고 호감을 갖게 된 것이다. 아마도 지금 이 건축물을 철거하라고 하는 사람은 한 명도 없을 것이다. 이처럼 단순하고 반복적인 노출만으로도 호감이 생기는 현상을 '에펠탑 효과'라 한다.

처음엔 어색한 광고가 여러 번 보게 되면 왜 그럴듯하게 보일까?
처음엔 별로였던 노래가 자주 듣다 보면 왜 좋아질까?
사람들은 왜 선거에서 얼굴이 알려진 후보에게 표를 던질까?

바로 이러한 효과는 생활 곳곳에서 실제로 일어난다. 물론, 세일즈에도 예외는 아니다. 고객과 자주 보게 되면 좋아지고, 만나다 보면 친해지게 된다. 꾸준하게 자신을 각인시키고 좋은 인상을 심어주면 어느 순간 고객은 나를 먼저 찾게 된다.
아쉬울 때만 찾아가는 영업인을 고객은 기가 막히게 알아낸다.

회사 동료가 건강을 위한 다이어트에 성공한 경험부터, 영화 기생충이 세계 영화제를 석권한 일에 이르기까지, 크고 작은 성공과 업적은 대부분의 사람들이 모르는 수백 가지의 노력과 갈등 속에서 축적된 꾸준함의 결과이다.
영업인은 고객에게 보이지 않는 수많은 노력과 역경 속에서 한 걸음 한 걸음 나아가게 된다. 하지만 고객 입장에서 보면 당신은 여러 세일즈맨 중 한 명에 불과하고, 당신 자신이 고객에게 각인되지 않으면 고객은 쉽게 잊어버리게 된다.

나를 고객에게 각인시키는 가장 좋은 방법은
꾸준히 나의 존재와 가치를 보여주는 것이다.
고객은 필요할 때 가장 먼저 떠오르는 사람을 찾게 되기 마련이다.

<꾸준함을 유지하기위한 나만의 루틴 Tip>

1) 방문 약속을 위한 전화는 기본적으로 매주 해야 하는 활동이다.

　*신규 개척 확장을 멈추는 순간 내 스킬은 무뎌지고 매출은 떨어지게 된다.

　*신규 고객사는 방문 약속을 잡는 것이 첫 출발점이다.

　*거절하는 것에 상처받을 필요는 없다.

2) 고객과의 미팅에서 미팅 전 준비도 중요하지만, 매출에 영향을 미치는 것은 방문 이

　후 꾸준한 팔로우업이다.

　*고객의 고민 사항, 필요한 사항들을 잘 메모하고 와서 하나하나 솔루션을 찾아서

　　정성껏 제시해야 한다.

　*첫 미팅부터 우리 회사의 모든 솔루션을 보여드릴 필요는 없다.

　*고객의 니즈와 Pain point를 아는 것이 더 중요하다. 알았다면 꾸준히 관련된 자료

　　와 타사 사례를 드리면서 관리해 드려야 한다.

3) 매주 일정한 시간을 정해서 1주일 활동 정리 및 다음 주 활동계획 점검을 해야 한다.

　*1주일 정리가 안 되면 일은 쌓이고 머리만 아프다.

　*계획과 성찰은 당신을 전문가로 키우는 기본 중의 기본이다.

<에펠탑 효과>
자주 보면 좋아지고, 만나다보면 친해진다.
꾸준하게 접촉하고 좋은 인상을 심어줘라!
아쉬울 때만 찾는 사람은 고객이 반드시 외면한다.

Designed by stockgiu / Freepik

감정이 마른 시대, 탁월한 공감 전문가

　미국 펜실베니아대 경영학과 애덤 그랜트 교수팀은 미국 통신판매회사의 판매직 사원 340명을 대상으로 설문조사를 실시해 판매직원의 외향성, 성실성, 친화성, 개방성, 정서적 안정성 등 5가지 성격과 판매실적 사이의 관계를 분석했다.

　3개월간 진행된 연구 결과는 일반인의 고정관념과는 다른 양상으로 나타났다. 외향성이 강한 판매사원은 평균 1,200만 원 정도의 제품을 판매해 가장 저조했고, 내향성이 강한 판매사원은 1,300만원의 매출을 올렸다. 내향성과 외향성을 함께 지닌 양향적 성격의 판매사원은 평균 1,600만 원으로 가장 높았다.

　연구팀은 외향성이 강한 판매사원이 고객보다는 자신의 관점에서 판매하려다 보니 고객의 상황과 의견을 듣는 데 소홀했고, 강한 설득이 오히려 반발을 가져왔다고 분석했다. 한마디로 고객에 대한 경청과 공감이 판매 실적을 높이는 데 영향을 미친다는 것이다.

　내향적인 사람은 다른 사람의 이야기에 경청과 공감을 잘 하고 그 사람의 입장에서 생각하고 배려할 줄 안다. 사회 환경의 빠른 변화 속에서 감정이 점점 메말라가는 시대에 타인에게 감정적인 공감을 느끼게 해주는 것은 영업에 큰 힘을 발휘한다.

업체 선정을 위한 경쟁 입찰 현장에서 만나게 되는 심사위원은 아무리 공정성이 중요한 자리에 있을지라도 자신과 동일한 환경을 겪어봤거나 공감해주는 사람에게 좀 더 마음이 끌리게 되어있다.

[에피소드 1]

A사는 기업교육 영업을 시작하고 2년 정도 지났지만 좀처럼 매출 기회를 얻지 못하고 있는 고객사였다. 교육 담당자에게 지속적으로 연락하면서 나를 각인시키고 제안 드릴 기회를 찾았지만 기회는 쉽게 찾아오지 않았다.

그러던 어느 날, 고객사 담당자가 내년도 온라인교육 위탁업체 선정을 위해 제안을 요청하는 이메일을 보내왔다. 내가 그동안 노력한 결과를 고객사에서 드디어 인정해 주는구나 싶었지만……. 나를 포함해서 약 8개사에 제안요청이 갔던 것을 나중에 알게 되었다. 앞이 캄캄했다. 하지만 이 고객사를 뚫어야 지속적인 매출 확장이 가능하기에 마음을 다잡고 교육 담당자를 방문했다.

담당 부서 팀장님은 아예 나를 만나주지 않았고, 교육 운영을 담당하는 사원급 직원이 나를 맞아주었다. 나는 잃을게 없다고 생각하면서 편하게 이런저런 궁금한 점을 질문하고 제안을 위해 필요한 정보를 얻고자 노력했다. 그러면서 나도 동일한 업종의 회사를 다녔었고, 현장 직원의 애환을 너무나 잘 알고 있다는 얘기를 해주었다. 그러자 그 담당자는 내가 해주는 말에 맞장구도 쳐주면서 자신이 느끼는 현재 운영 업체의 문제점도 얘기해주었다.

고객사를 나오면서 나는 뭔가 될 것 같다는 느낌을 강하게 받았다. 팀장님께 활동보고 전화를 하면서도 뭔가 자신감 있는 목소리가 나왔다.

"팀장님 느낌이 좋아요. 한 번 해볼게요!"

그리고 며칠간 공을 들여 제안서를 작성하여 제출했고 경쟁 PT날이 다가왔다. 8개 회사의 경쟁 PT다 보니 하루 종일 30분씩 쪼개서 8개 업체를 평가하는 긴 일정이었다. 나는 4번째 순서였고, 일찍 도착하여 심호흡을 하면서 발표 순서를 기다렸다.

드디어 발표 순서.

PT 장소에 들어가 보니 이미 심사위원들은 앞선 세 번의 발표를 듣고 지쳐 있었다. 그분들의 표정에는 '이제 반 정도 시간이 흘렀네…… 일도 바빠 죽겠는데 지루하네. 언제 끝나나?'라는 지치고 힘든 모습이 역력했다.

그냥 남들과 똑같은 내용을 말하면 어떤 임팩트도 주지 못하고 바로 떨어질 것 같았다. 그래서 모 아니면 도라는 생각으로 내가 가지고 있는 장점을 살려보기로 했다. 내가 같은 업계 회사를 다닐 때 느꼈던 현장 교육 사례들을 필요할 때 꺼내면서 제안의 핵심 내용과 연관하여 설명하는 방법으로 PT를 진행했다. 주어진 시간보다 짧게 끝냈지만, PT를 마치면서 심사위원이 나에게 농담도 건네실 정도로 분위기가 좋았다.

그렇게 좋은 느낌을 갖고 며칠간 결과를 기다렸고, 마침내 8개 업체 중 1등으로 수주를 할 수 있었다. 나의 혼자 힘으로 거둔 정말 값진 수주여서 너무나 기뻤고 사무실에서 크게 함성을 질렀던 기억이 난다.

나중에 고객사 담당자와 만나서 우리 회사를 선택한 이유가 무엇인지 여쭤보니 가장 고객사의 현황을 잘 이해했고, 그에 맞는 솔루션을 제공해 줄 것이라는 믿음이 보였다고 얘기해주었다.

뇌공학자인 정재승씨의 〈열두 발자국〉이라는 저서에 보면 소비자는 항상 객관적이고 합리적이지는 않다는 실험 결과가 나온다.

'당신은 평소에 계획에 맞게 제품을 구매합니까?'

이런 질문에 29%만 계획에 따라 소비한다고 답하였고, 23%는 계획된 소비와 충동구매가 반반 정도 된다고 답했다. 그리고, 절반에 해당하는 48%의 응답자는 충동구매를 좀 더 많이 하는 편이라고 대답하였다.

우리는 마트에서 쇼핑을 하거나 백화점에 원하던 옷을 구매하러 갔을 때 시험대에 오르는 자신을 느끼게 된다. 원래는 계획에 없었는데 너무 맛있어 보이는 라면이 새로 나왔거나 더 어울릴 것 같은 옷을 발견했을 때 사람은 감정적인 충동을 자연스럽게 느끼게 된다.

여기에 더해 판매하시는 분이 나에게 다가와 내 마음을 읽어주고 공감을 표현해준다면 더더욱 구매 욕구를 참지 못하게 되는 나를 발견하게 된다.

영업은 사람과 사람의 소통이다.

내 마음과 상황을 공감해주는 이에게 끌리는 것은 당연하다.

[에피소드 2]

몇 년 전 일이다.

어머니는 몇 년 전 가슴에 암이 생겨서 수술을 하셨고, 시간이 흘러 이제 마지막 5년차 검사만을 남겨둔 상황이었다. 암 발병 후 5년이 경과하면 의학적으로 완치 판정을 내려주기 때문에 6개월마다 치러 온 암 검진을 무사히 통과해온 어머니가 고맙기도 하고, 이제는 별일 없겠지, 방심 아닌 방심을 하고 있던 터였다.

그런데…… 5년차 마지막 검사에서 폐에 또 다른 암이 발견되었다. 불행 중 다행이라고 해야 할지 모르겠지만…… 기존 암의 전이가 아니라 새로운 암이 생겨난 것이었다. 만약 전이된 암이었다면 어머니는 회생하기 힘든 상황이 되었을 것이다. 그럼에도 정말 청천벽력 같은 소식이었고, 폐라는 중요 부위에 암이 생겼다는 소식에 가족 모두 망연자실한 표정을 숨길 수 없었다.

빠르게 수술 일자를 잡고 초조한 기다림의 시간을 갖던 중 수술 집도의와 면담을 해야 한다는 연락을 받았다. 기존에 첫 암 수술했을 때는 간단히 수술일정 체크를 위한 면담만 했었기에 형식적인 절차라고 생각하고 형과 함께 의사 선생님 방을 들어갔다. 그런데 내 예상과는 다른 의사 선생님의 태도를 볼 수 있었고, 달라진 의료서비스에 감동적인 경험을 하게 되었다.

의사 선생님은 30분이 넘게 형과 나에게 어머니의 현재 상황과 수술 방향, 수술 후에 겪게 될 후유증과 극복 가능한 치료방안 등을 사진을 보여 주며 상세히 설명해주고 중간중간 궁금한 사항은 없는지 물어봐 주셨다. 그분의 표정과 말에서 환자 가족에 대한 진심의 공감이 느껴졌고, 수술에 대한 신뢰감이 느껴졌다.

대화가 끝나고 일어서는데 의사 선생님이 "힘내셔야 합니다. 수술은 잘 될 겁니다."라고 말씀하시는데 순간 정말 울컥했다. 지금도 그때만 생각하면 절로 눈물이 고인다.

'바로 이것이 타인에 대한 공감이구나.'

대화라는 것, 공감이라는 것, 경청이라는 것에 대해서 정말 가슴 저리게 느껴지는 순간이었다. 또한, 영업에 있어서 새롭게 눈 뜬 계기가 되었다.

· 나는 진심으로 고객의 소리에 귀 기울이고 있는 걸까?
· 고객의 불편한 점을 놓치고 있지는 않은 걸까?
· 고객 입장에서 이익이 되는 제안인가?

고객은 자신의 감정적인 고통(Pain point) 또는 필요(needs)를 구매를 통해 해결하길 희망한다. 또한, 고객은 판매 당하기를 원치 않고 스스로 구매 결정을 할 수 있도록 자기 의견에 공감해주고 상품에 대한 진실을 말해주길 기대한다. 그리고 자신의 욕구를 만족시키기 위해 구매를 결정한다. 그렇기 때문에 고객과의 공감대 형성과 마음의 교류는 영업에 있어 매우 중요하다.

감정이 점점 메말라가는 시대.

고객은 진심으로 대화할 사람을 원한다.

<참고문헌>
[DBR]외향적 판매사원이 꼭 물건 잘 파는 건 아니다.
(안도현 경희대 공존현실연구팀 선임연구원) 동아일보 2013. 5. 30

자기 성찰의 힘

내향성 연구로 유명한 〈콰이어트〉의 저자 수전 케인에 의하면 내향적인 사람과 외향적인 사람의 지능은 크게 다르지 않다고 한다. 다만, 문제를 해결하는 방법이 다르다는 것이다.

사람에게 인지능력이 100퍼센트가 있다고 가정할 때 내향적인 사람은 약 75퍼센트 만을 눈앞의 임무에 쓰고 나머지 25퍼센트는 자신을 돌아보는 데 쓰는 반면, 외향적인 사람은 해야 할 임무에 90퍼센트를 쓴다고 한다.

외향적인 사람은 인지능력의 대부분을 눈앞의 목표에 올인하는 반면, 내향적인 사람은 일이 어떻게 진행되는지를 파악하고 자기를 반성하는 데 활용한다.

내향적인 사람은 행동하기 전에 생각하고, 정보를 정확하게 판단함으로써 주의 깊게 문제를 풀어낼 줄 아는 능력을 지니고 있다.

자녀교육 회사인 D사에서 근무할 때의 일이다.

아동 전집류 시장에 새로 진입한 후발 주자인 우리 회사는 뭔가 한 방이 필요했다. 돌파구가 필요했다. 경쟁사로부터 영업조직도 어느 정도 영입했고, 이제는 조직에 활동력을 불어넣어야 했다.

무엇으로 활동에 불을 붙일 것인가?

무엇으로 뛰게 할 것인가?

타깃 고객은 명확하다.

자녀를 키우는 30~40대 여성.

각 영업국은 토요일마다 자녀를 위한 학습자료 만들기 교실도 열고 주기적으로 자녀교육 특강도 실시했다. 이를 통해서 자녀교육에 관심이 많은 어머니들을 영업국으로 초청하고 강의가 끝난 후에 자연스럽게 전집 판매 상담을 유도했다.

이러한 특별한 행사 외에 꾸준하게 고객과 상담할 수 있는 도구가 필요했다. 어머니들의 관심을 끌 수 있는 그 무엇!

어느 날 부장님이 실마리 같은 소식을 전해주었다. 사내 연구소에서 서울대학교와 협력하여 아동 진단검사를 개발할 계획을 가지고 있다는 것이다. 부장님은 나에게 연구소 담당자와 만나보라 하셨다.

'영업현장에서 활용할 수 있는 상담 도구를 만들 수만 있다면!'

바로 실행에 옮겼다. 두껍고 동그란 안경을 쓴 연구소 대리님과의 첫 미팅. 내가 알던 연구소 분들과 달리 친절하고 유쾌한 분이었다. 뭔가 일이 잘 풀릴 것 같은 느낌이 들었다. 대리님이 귀에 쏙쏙 들어오게 아동 진단검사에 대해 설명해 주셨다.

'MI다중지능검사.'

미국 하버드대학교 교육심리학 교수인 하워드 가드너 박사는 사람에게는 8가지의 타고난 색깔이 있다고 주장했다.

　체육을 잘하는 사람, 예술을 잘하는 사람, 수학을 잘하는 사람, 언어를 잘하는 사람 등등. 그것을 8가지 지능으로 정리했다. 언어지능, 논리수학지능, 신체운동지능, 음악지능, 공간지능, 자연지능, 자기성찰지능, 인간친화지능.

　MI다중지능검사는 그중에 우리 아이가 어느 지능이 강한지 찾을 수 있다고 했다. 그것을 우리 회사와 서울대 교육학과가 산학협력을 통해 개발하고 있는 중이었다. 이야기를 들으면 들을수록 바로 이거라는 느낌이 왔다.

　'그래! 드디어 찾았어!'

　그로부터 수개월 간 연구소와 수많은 미팅을 하면서 작품을 만들어내기 시작했다. 유치원용, 초저용, 초고용으로 연령을 구분하여 검사지를 제작했다. 유아용은 부모님이 검사지에 작성하도록 했고, 초등학생용은 아이가 직접 작성하게 했다.

　작성된 검사지를 영업국 사무실에 가져오면 컴퓨터 프로그램에 입력하여 결과지를 출력한다. 그 결과지를 갖고 부모님에게 2차 방문을 해서 상담을 한다. 설명하면서 아이의 장점과 부족한 점을 설명하고 우리 상품과 연결하여 판매 상담을 한다.

　드디어 검사지와 검사지 입력 프로그램이 세상에 나온 날, 기쁨 반 불안감 반으로 서울에 있는 몇몇 영업국을 방문한 기억이 난다. 그리고, 매일 매일 영업국 대상으로 활용방법 강의를 했다.

　우리가 의도한 대로 영업국에서 잘 실행이 될까? 그로부터 한 달이 지난 후. 놀랍게도 각 영업국 매니저와 튜터들은 다양한 상담 멘트와 성공사례를 만들어내기 시작했다. 전국에 배포된 검사지를 보는 것만도 뿌듯한

데, 그것을 가지고 고객과 상담하는 모습을 보니 가슴이 찡했다.

정말로 얘기하고 싶은 부분은 지금부터다.

처음에는 몰랐지만 진단검사 횟수가 전국적으로 늘어나면서 새로운 사실을 발견했다. 바로 '자기성찰지능'의 놀라운 힘이다. 자기성찰지능은 나 자신의 성격, 감정을 이해하고 조절할 수 있는 지능이다. 아이들마다 높은 지능과 낮은 지능이 구별 되는데, 자기성찰지능은 조금 다른 패턴을 보였다. 성적이 우수하거나 각 분야에서 두드러진 성과를 내는 아이들이 공통적으로 높은 점수를 보여 주고 있었다. 이것은 자기성찰의 의미와 연결된다.

자신에 대해서 돌아볼 줄 알고, 주어진 상황을 나에게 좋은 방향으로 변하도록 조절할 수 있는 사람은 성공할 확률이 높다. 이는 내향적인 사람들의 장점과도 연결된다.

영업은 수많은 문제 상황 속에서 평정심을 지켜내야 한다. 힘든 순간이 있더라도 그것을 넘으면 엄청난 보람이 있음을 믿어야 한다. 내향인이 가진 자기성찰의 기질은 자신을 되돌아보고 정보를 정확하게 판단함으로써 발전할 수 있는 부분이 무궁무진한 것이다.

<참고문헌>
수전 케인 '콰이어트' 알에이치 코리아. 2012. p259

고객의 마음 읽기

네덜란드 연구팀이 발표한 자료에 의하면, 우수 영업인들은 말을 잘하기보다 다른 사람의 말을 경청하는데 탁월한 능력을 지녔다고 한다. 다른 사람의 입장에서 생각하고 배려하는 데 익숙한 내향적인 사람으로서는 여간 반가운 연구 자료가 아닐 수 없다.

영업은 숙명적으로 다양한 사람들과 대화하는 직업이다. 하루에도 수없이 고객과 전화하고, 이메일로 대화하고, 직접 만나서 상담한다. 고객이 원하는 사항을 실현하기 위해 각 지원부서와 협의하고 상의한다.

말도 많이 하지만 그 말을 하기 위해서 많이 듣게도 된다. 특히 고객과 상담할 때 그렇다. 그분이 어떤 철학을 가지고 있는지, 고객사에서 이 교육을 왜 하려고 하는지, 그래서 무엇을 얻고 싶은지를 편안한 목소리로 질문한다. 나는 질문을 하지만 고객은 그 질문을 통해 스스로 사고하고 정리하여 답을 준다. 그 답이 모호할 때는 한 번 더 깊이 있게 질문하여 그분이 원하는 것과 진짜 생각을 유추하려고 한다. 그 과정 속에서 자연스럽게 나는 귀를 쫑긋 세우고 경청하게 된다.

리액션도 굉장히 중요하다. 내가 그분의 말을 잘 이해하고 있다는 것을 추임새와 긍정의 끄덕거림으로 알려드린다. 그러면 그분은 자신의 말에 더욱 몰입하게 된다.

대화라는 것은 서로에 대한 존중이 가장 우선되어야 한다.

적극적으로 상대방의 말을 들으려면 그 사람을 존중하지 않고서는 집중이 잘 안 된다. 겉과 속이 다른 사람, 반복적인 말로 자신의 주장만을 얘기하는 사람과는 대화의 폭이 좁을 수밖에 없고 존중하는 마음도 사라진다. 상대방에 대한 기대치가 적으니 말을 귀담아 듣지 않게 된다.

경청하다 보면 내 귀에 꽂히는 좋은 정보들이 들려온다.

바로 '마음 읽기'이다.

· 그렇구나! 고객이 전달하고 싶은 속마음은 이것이구나.

· 결국은 임원이 이 교육을 지시했고, 저분도 어쩔 수 없이 해야 하는 상황이구나.

· 이분이 프로젝트의 핵심 키맨이구나. 이분이 의사결정권자야!

세계적인 비즈니스 컨설턴트이자 동기부여 전문가인 브라이언 트레이시(Brian Tracy)는 그의 세일즈 명저인 〈판매의 원리(Advanced Selling Strategies)〉에서 판매의 기본 절차를 의사의 행동에 비유했다. 고객의 상황을 진단하고, 그 진단한 내용을 통해 솔루션을 제안하는 것은, 의사가 진찰하고 진단하는 행동 패턴과 동일하다고 본 것이다.

이 과정이 없다면 결코 성공적인 영업을 이뤄내기 힘들다.

질문, 경청, 리액션 모두 이러한 프로세스에 없어서는 안 될 요소들인 것이다.

영업인은 환자의 최대 이익을 위해 행동하는 전문의와 같다.
의사가 "진찰 → 진단 → 처방을 내리듯이 프로세스를 밟아 고객을 설득해야 한다.

진찰 세심한 사전 준비를 통해 필요한 질문을 준비해서 고객의 상황을 철저하게 파악해야한다. 고객에게 해결할 문제점이 있다는 사실을 발견하기 전에는 두 번째 단계로 넘어가면 안된다.

진단 고객에게 추가적인 질문을 해서 자신이 생각한 고객사의 문제상황을 확증 한다. 그 문제를 정확하게 파악하고 있다는 사실도 알려야한다.

처방 고객의 모든 상황을 종합해볼 때, 나의 솔루션이 최선의 해결책임을 설득한다. 다만, 진실되게 설명하고 책임질 수 있는 말만 해야한다.

  그래서 브라이언 트레이시는 '영업은 명확한 계산 하에 이뤄지는 과학이요, 기술이다'라고 표현했다.

  고객이 가장 좋아하는 세일즈맨은 자신의 말을 경청하는 사람이며 대부분 고객은 적절한 질문을 한 후, 주의 깊게 대답을 듣는 세일즈맨에게 호감을 갖는다.
  판매에서 가장 강력한 원칙은 '경청은 신뢰를 형성한다'이다.
  질문을 하면 들을 수 있는 기회를 얻는다. 고객의 말에 관심을 집중할수록 고객은 우리를 더욱 좋아하고 신뢰한다. 고객이 우리를 더욱 좋아하고 신뢰할수록 마음을 열고 우리의 말에 귀를 기울이며 판매 제안을 더욱 진지하게 고려한다. 좋은 질문을 하고 상대방의 대답을 주의 깊게 듣는 영업인에게 고객은 마음을 열게 된다.

<마음 읽기가 빛을 발하기 위한 Tip>

· 고개를 끄덕이고 미소를 지으며 주의 깊게 귀를 기울이면서 고객으로 하여금 폭넓게 대답하도록 유도한다. 고객 쪽으로 몸을 기울이고 공감한다는 태도를 보이며 가망고객이 더욱 충실하게 대답하도록 격려한다.

· 감정적이거나 논쟁적인 주제, 정치나 종교에 대해 말하는 것을 피한다. 가망고객이 이러한 주제를 먼저 꺼내더라도 경청하고 수긍은 하되 자신의 판단이 섞인 대답은 절대로 하지 않는 것이 좋다. 최고의 영업인은 대부분 친절하고 긍정적인 이미지를 가지고 있다. 여유롭게 미소 지으며 논쟁이 되는 화제는 피해야 한다.

· 우리가 왜 고객에게 방문했는지 목적을 잊지 말자. 그러면 좀 더 명확하게 고객의 마음에 접근할 수 있다.

<참고문헌>
브라이언 트레이시 '판매의 원리' 씨앗을 뿌리는 사람.
2003. p11, p259

고객의 이익 대변인

내향적인 사람은 주변에 친구가 많은 편은 아니다. 하지만 친구가 있어서 마음을 나누게 되면 중요할 때 진정한 도움을 줄 수 있는 단단한 버팀목이 되어준다.

고객과의 관계도 마찬가지이다. 가족처럼 깊은 친밀감을 느끼는 고객에게 어려움이 생긴다면 나를 희생해서라도 도움을 드리고 싶은 마음이 생긴다. 고객이 가족이라고 느껴지는 순간 그분에게 하나라도 더 챙겨 주고 싶은 것이 인지상정이다.

C카드는 영업 초기부터 관리해온 오래된 고객사이다. 교육담당 차장님은 교육부에 있다가 여행사업부로 발령받은 후 다시 2년 만에 복귀한 분이다.

차장님은 꼼꼼하고 교육에 대한 철학과 가치를 중시하는 분이다. 이분이 내가 다니던 교육대학원에 입학을 했다. 내가 선배인 것을 알고 있었지만 원래 수줍음이 많은 분이라 합격할지 확신을 못해서 일부러 미리 연락을 하지 않았다고 한다.

고객으로 관리하던 분이 대학원 후배로 들어오니 한편 좋기도 하고 한편 어색하기도 했다. 하지만, 내가 앞으로도 꾸준히 고객으로 모실 분이고 성품도 좋은 분인지라 좀 더 부드러운 방법으로 축하를 드리고자 했다.

그래서 생각한 것이 〈대학원 생활 가이드〉이다. 대학원 1학기부터 5학기까지 각 학기별로 중요한 일정이나 내용들, 미리 알고 있어야 할 TIP 등을 장문의 이메일로 정리해 드렸고, 대학원 생활을 겪어본 선배로서 염두에 둬야 할 마음가짐을 꼼꼼히 알려드렸다. 연애편지를 쓰는 것도 아닌데 참 신나게 글을 써내려 갔던 것 같다.

이메일을 보내드리고 나서 반나절이 지나니 차장님으로부터 답장이 왔다. 대학원에 막상 합격했지만 무엇을 해야 하는지 몰랐는데…… 너무 고맙고 힘이 된다는 내용이었다. 그 후로도 고객사에 찾아뵈면 대학원 생활에 대해서 서로 수다도 떨고, 애환도 나누면서 친밀하게 지내고 있다.

고객과 영업담당자는 업무적이고 한시적인 관계로 시작되지만 인생의 파트너로 이어질 수 있다.

처음 만나는 고객에게는 주로 그분이 얻게 될 '이익'에 집중하며 상담하려 노력한다.

내가 판매하는 제품 또는 서비스가 대화의 중심이 되면 스포트라이트가 나를 비추지만, 이것을 구매함으로써 얻게 되는 '고객의 이익'에 대해서 얘기하는 순간 스포트라이트는 고객으로 넘어간다. 이 순간 고객은 호기심과 흥미를 가지고 마음의 문을 열게 된다.

사실 고객은 나를 처음 만난 순간부터 "그래서, 내가 얻을 수 있는 이익이 무엇이죠?"라고 계속 무언의 질문을 던진다. 영업에 처음 입문한 사람은 그 무언의 질문이 들리지 않을 수 있다. 어떤 영업인은 애써 그 질문을 외면하기도 한다. 그러면서 영업이 힘들다고 말한다. 어리석은 핑계일 뿐이다. 고객이 던지는 무언의 질문을 염두에 두고 말하고 행동하는 것이 상담의 시작이다.

　가끔씩 후배의 영업활동을 돕기 위해 동행을 하는 경우가 있다. 중요한 미팅의 경우 내가 주도하는 경우도 있지만 코칭을 해주기 위해 고객과 주고받는 대화 흐름을 지켜보다가 중요한 멘트만 꺼내는 경우도 있다.

　후배들은 대부분 상품에 대한 설명이나 자사 솔루션에 대한 이해도가 높아서 전문성 부분에서 뛰어난 모습을 보인다. 여기에 한 가지만 추가하면 금상첨화인 것이 '티키타카'이다. 스페인어로 탁구공이 왔다 갔다 하는 모습을 뜻하는 말로 짧은 패스를 빠르게 주고받는 축구 경기의 전술을 말하기도 한다.

　영업에서는 이처럼 고객이 필요로 하는 것이 무엇인지를 정확히 파악하기 위해 자연스럽게 대화를 주고받는 것이 중요하다.

　자동차를 판매한다고 예를 들어보자.

　고객이 자동차의 편의성과 디자인을 중요한 선택 요인으로 생각하고 있는데 엔진의 파워와 차체의 견고함까지 꼼꼼하고 장황하게 설명한다면 고객의 흥미를 떨어뜨리게 된다. 영업사원은 고객이 중시하는 편의성과 디자인에 대해서 자연스럽게 답과 질문을 주고받을 수 있어야 한다. 그러기 위해서는 고객과 대화를 짧은 패스를 하듯이 주고받으면서(티키타카) 깔때기처럼 대화의 주제를 좁혀나가는 것이 필요하다. 그러한 과정 속에서 고객이 얻고자 하는 이익에 대해 접근하면 고객의 호기심과 흥미를 이끌어갈 수 있다.

아무리 내가 가진 지식이 많고, 하고 싶은 말이 많아도 고객은 내 마음과 다르다는 것을 명확히 이해해야 한다. 제대로 된 영업을 하길 원한다면 모든 스포트라이트는 고객이 받도록 도와드려야 한다.

고객상담은 고객의 이익에 초점을 맞춰가는 여행이다.

헤드라이트를 켜고 고객의 마음을 따라가다 보면 종착역에 다다른다.

<참고문헌>
브라이언 트레이시 '판매의 원리' (씨앗을 뿌리는 사람. 2003. p214)

결국은 사람이요, 신뢰다

"당신을 믿지 못하면 사지 않는다"

세일즈계의 전설적인 인물이자 〈정상에서 만납시다〉, 〈시도하지 않으면 아무것도 할 수 없다〉의 베스트셀러 작가인 지그 지글러는 사람들이 세일즈맨에게 물건을 사지 않으려는 다섯 가지 이유를 다음과 같이 얘기했다.

- 필요가 없어서
- 돈이 없어서
- 급하지 않아서
- 사고자 하는 욕구가 없어서
- 당신에게 믿음이 가지 않아서

지그 지글러는 이 중에서 맨 마지막의 '믿음이 가지 않아서' 항목이 가장 근본적인 이유라고 했다.

고객은 상품이나 서비스를 구매함에 있어 주로 영업사원의 설명과 자료를 통해 판단하게 된다. 가망고객은 상품과 서비스를 제안한 회사의 내부 사정이나 상품, 서비스를 정확히 평가하기 힘들지만, 영업사원에 대해서는 나름대로 객관적인 판단을 할 수 있다. 따라서 영업사원은 자신이 판매하는 상품과 서비스가 가장 안전하다는 사실을 고객에게 확신시킬 필요가 있다. 그러기 위해 신뢰를 바탕으로 한 거래 관계 구축이야말로 고객의 걱정을 없애고 위험에 대한 불안감을 해소시켜 줄 매우 중요한 출발점이다.

서울대학교 연구 논문에 의하면 고객과 상호 간에 신뢰감이 구축되면 합리성이 결여된 상황에서도 상대방에 대한 믿음이 있기 때문에 장기적인 관계가 유지될 수 있다고 한다.

나는 보험 업계, 방문판매 업계, 지금 몸 담고 있는 기업교육 업계를 거쳐 오면서 수많은 영업인과 마주했다. 그분들 중 가장 실망했던 사람을 떠올려 보면 대부분 처음과 끝이 다른 사람들이다.

입사 초기에는 큰 계약 건을 올리면서 자신만만해 했지만, 알고 보니 부실 계약임이 드러나 어느 날 조용히 사라진 보험설계사. 겉으로는 도덕적인 사람인 것처럼 도도해 보였지만 뒤에서는 팀원들과 금전 관계가 복잡하여 조직을 무너뜨리게 한 영업관리자. 고객에게 간, 쓸개 모두 줄 것처럼 약속을 해놓고 막상 수주한 후에는 태도가 바뀌어버린 영업사원. 그들 모두는 신뢰를 잃어버린 최악의 영업인들이다.

[에피소드 1]

지금 소개 드리는 사례는 고객으로부터 직접 전해 들은 교육기관 A사의 이야기다.

온라인교육 위탁 운영은 IT시스템이 뒷받침되어야 하고, PC 환경에 따라 오류와 문제 발생이 언제 일어날지 모른다. 따라서 만약 문제가 발생되더라도 빠르게 복구하고 안정화 시키는 것이 가장 중요하다.

어느 날 B고객사 직원들이 온라인에 동시 접속하여 시험에 응시하는 프로젝트가 있었다. 이때 예상치 못한 오류가 발생했다. B고객사 입장에서는 평가와 관련된 것이기 때문에 빠르게 복구되어야 했다. A사 영업사원에게 급히 전화를 했다. 하지만 A사 영업사원은 알겠다고 대답하고는 내부 IT담당자와의 소통이 늦어져서 1차적인 빠른 대응에 실패했다.

그 이후에도 몇 번의 고객사 불편사항에 대해 영업사원의 적극적인 응대가 없었다고 한다. B고객사는 A사와 계약 기간이 끝나면 결별해야겠다는 입장을 정했다. 다만, A사를 오랫동안 활용해왔기 때문에 그동안 쌓여 있는 교육 이력이나 수강했던 온라인 콘텐츠가 많았다. 그만큼 업체 교체에 따른 불편이 예상되었다.

그래서 업체 선정을 위한 경쟁 프레젠테이션 자리에서 A사 담당자에게 질문을 했다고 한다. 만약 A사가 선정되지 못하더라도 기존의 이력을 안정적으로 전달해 주고, 기존 온라인 콘텐츠는 비용을 지불하면서 계속 제공 받을 수 있는지 확인이 필요했다. 그때 A사 영업사원이 그렇게 해드리겠다 약속을 했다고 한다.

하지만, 막상 업체 선정에서 떨어지고 나자 A사의 태도가 바뀌었다고 한다. 기존 이력을 전달해 주는데 미온적이었고, 기존 세팅된 콘텐츠는 추가 제공이 불가하다는 태도를 보였다.

이에 상당히 화가 난 B고객사 교육담당자와 팀장이 향후에 절대로 A사를 쓰지 않도록 내부적으로 방침을 세웠고, 그것이 무려 6년 이상 이어졌다. 그 사이에 3번 정도는 담당자가 바뀌었는데도 후임이 들어올 때마다 계속적으로 암묵적인 전달을 했다.

고객은 우리의 실수에 대해서 인간적인 부분으로 용서를 해줄 수 있다. 하지만 좋지 못한 태도로 고객의 신뢰를 잃을 경우에는 다시 그 신뢰를 찾기에는 긴 시간이 흘러야 한다. 어쩌면 영영 복구되지 못할 수도 있다.

고객과 장기적인 좋은 관계를 유지하려면 신뢰감의 형성과 유지가 기본이다.

인생에서나 영업에서 가장 치명적인 일은
신뢰를 잃을 때이다.

[에피소드 2]

첫 계약보다 더 큰 감동을 받은 사례가 있다.

A고객사는 작은 계약으로 인연을 맺은 후 몇 년간 꾸준히 관리해오던 고객사이다. 타사에서 최근 시행한 좋은 교육사례도 정리해서 보내드리고, 매년 개최하는 HRD포럼 자료도 주기적으로 보내드리면서 업무 파트너로서 전문성도 꾸준히 보여드렸다. 이전부터 우리보다 더 큰 교육업체와 많은 교육을 진행하고 있었지만 담당 과장님에게는 내가 믿을 수 있는 파트너로 자리 잡고 있었다.

어느 날 과장님이 잠깐 미팅을 갖자면서 방문을 요청하셨다. 기존에는 분야별로 여러 교육업체와 교육을 진행했었는데 본사의 이전과 더불어서 업무 효율성을 위해 1개 업체와 통합계약을 맺으려 한다고 말씀을 주셨다. 직원 수가 2천 명이 넘는 고객사라서 통합운영을 하게 되면 연간 3억 원 정도의 매출 규모가 될 수 있는 큰 사업이었다. 대형 교육업체와의 경쟁에 겁도 났지만 기회가 왔으니 꼭 수주하고 싶었다.

그런데 신기한 일은 그 이후부터 생겼다. 과장님은 한 회사가 통합운영을 했을 때 갖춰야 하는 운영 프로세스와 필요한 사항들을 계획안이 담긴 프린트물도 건네주시면서 세세하게 나에게 설명해주는 것이었다.

이때 과장님의 눈빛과 말투에서 무언의 믿음을 강하게 받았다. 나를 염두에 두고 업체 선정하려고 한다는 어떤 말도 하지 않았지만 느낌이 그대로 전달이 되었다.

그 기운을 받아 정말 열심히 제안서를 작성하였고, PT에서도 고객사에 맞춤화된 프로세스를 제대로 운영해드릴 방안을 구체적으로 제시했다.

그리고 며칠 후 과장님으로부터 전화가 왔다. 잘 부탁한다는 말씀과 함께 선정 결과를 알려주시는데 정말 울컥했다.

"아… 감사합니다. 감사합니다. 정말 열심히 운영해보겠습니다."

나는 속으로 울고 있었다. 비즈니스로 만난 어쩌면 가장 가식적인 관계일 수 있는 고객으로부터 이렇게 신뢰감을 느낄 수 있음에 감사하고 또 감사했다.

고객과 신뢰를 쌓기 원한다면
[진정성 있는 모습] X [전문가적인 모습]이 함께 필요하다.
진정성만 있으면 명확하지 않고,
전문성만 있으면 고객은 답답하다.

<참고문헌>
지그 지글러 '당신에게 사겠습니다' (김영사. 2005. p414)

고객이 고객을 만든다

내향적인 사람은 세심하고 진지한 특징을 살려 한 분야에서 전문성을 발휘하는 경우가 많다. 에이브러햄 링컨, 아인슈타인, 반 고흐, 박지성 등 다양한 분야에서 우리는 내향인들의 성공을 보아왔다.

영업에서도 마찬가지다. 고객사 상황을 면밀히 분석하여 고객에게 필요한 사항을 책임감 있게 제공할 수 있는 자질을 갖추고 있다면, 고객이 고객을 부르는 소개 영업을 통해 효율적이고 고도화된 영업을 전개할 수 있다.

B사는 입사해서 처음으로 대형 계약을 수주한, 개인적으로 큰 의미가 있는 고객사이다. 그룹의 모기업에서 독립하여 새롭게 출범한 B사는 회사의 체계부터 조직문화까지 모든 사항을 새롭게 만들어 가야 하는 상황이었다.

입사한지 얼마 되지 않은 시점이었기에 영업팀장님의 도움을 얻어 약속을 잡아서 HRD 실무책임자와 팀장님을 만날 수 있었다.

HRD 부서의 가장 첫 번째 임무는 모기업과 타 업계에서 온 다양한 출신의 팀장 120명의 R&R을 정하고 이들을 통해 회사의 기강과 문화를 잡는 것이었다.

이를 위해 외부 교육업체의 팀장 교육 프로그램을 도입하여 함께 교육을 기획, 수행하는 프로젝트였다.

120명의 팀장들에게 온라인교육과 오프라인 교육을 연계하여 실시하는 프로그램은 처음 경험해보는 대형 프로젝트였다. 어리바리했지만 성실한 모습으로 고객의 필요한 부분에 대해 경청하고 그에 맞는 제안서를 작성했다.

마침 팀장 교육프로그램이 새롭게 업그레이드되어 출시된 지 얼마 안된 시점이어서 타 경쟁사 프로그램보다도 최신성이 있었고, 강사진의 강의력도 고객사 만족도가 높았다.

물론 B사에게도 첫 시행되는 교육인지라 예산 확보의 어려움이 있었기에 어느 정도 가격 할인이 이뤄졌지만, 다행스럽게도 나는 입사한지 6개월 만에 7천만 원이라는 대형 프로젝트를 수주할 수 있었다. 첫 수주 이후에 장기간 시행되는 팀장 교육을 꼼꼼히 체크하고 챙겨드리면서 고객으로부터 신뢰를 얻을 수 있었다. 중간중간 운영상의 부족한 점도 있었지만, 진정성 있게 대처하고 잘못한 부분은 솔직히 인정하면서 큰 문제없이 마무리 지을 수 있었다.

그런데 그 사업이 종료된 이후에 생각지 못한 고마운 일들이 벌어졌다. 처음 보는 전화번호로 여기저기에서 전화가 왔다. 교육부서의 소개로 교육을 진행하려고 하는데 제안을 달라는 타 부서의 전화들이었다.

대기업은 워낙 부서가 많고 직원 수가 많다 보니 교육부서에서만 교육이 진행되지 않고 직무교육이나 이슈 사항은 부서별로 진행하는 경우가 많다.

소비자 보호부의 과정 개발 요청, 영업 부서의 오프라인 교육 요청, 전략기획부의 회사 비전 관련 교육 요청, 법무부서의 법정 필수과정 진행 요청 등 다양한 부서를 소개받을 수 있었다. 그야말로 문어발식으로 관리 고객 및 매출이 확장되는 경험을 한 것이다. 당연히 매출도 따라서 기하급수적으로 늘어났다.

이때 나는 두 가지의 영업 원리를 깨닫게 되었다.

· 고객은 정해진 범위가 없다. 제대로 관리하고, 소개를 받으면 고객은 무한대로 확장될 수 있다.
· 내 시간과 노력은 유한하다. 가장 효율적이며 성공 확률이 높은 영업 방식이 바로 소개 영업이다.

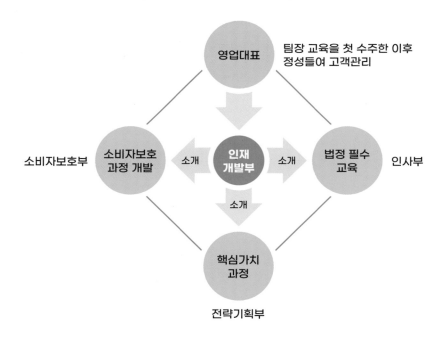

3장 — 내향인의 약점 채우기

"

독수리가 더 빨리, 더 쉽게 날기 위해 극복해야 할 유일한 장애물은 '공기'이다. 그러나 공기를 모두 없앤 다음 진공 상태에서 날게 하면, 그 즉시 땅바닥으로 떨어져 아예 날 수 없게 된다. 공기는 저항이 되는 동시에 비행을 위한 필수 조건이기 때문이다. 마찬가지로 인간의 삶에서도 장애물은 성공의 조건이다.

"

- 존 맥스웰, '매일 읽는 맥스웰 리더십' -

나만의 공간, 나만의 시간

내향적인 영업인은 민감한 성격을 가지고 있기 때문에 상처받기 쉽고 지치기 쉽다. 고객 앞에서 실수한 일을 계속 떠올리며 스스로 머리를 쥐어짜고 있는 영업인, 중요한 프레젠테이션에서 수주에 실패하여 자책하는 영업인. 바로 내 모습이기도 했다.

툴툴 털어내야 한다. 이럴 경우 나만의 시간을 확보하는 것이 중요하다. 나를 돌아보고, 고객을 객관적으로 판단할 수 있는 혼자만의 시간을 통해 다시 내 안에 에너지를 채워 넣어야 한다.

"힘든 날에는 혼자서 고급스런 식사를 해라."

대학교 졸업을 앞둔 2학기 마지막 수업시간.

하필 무섭게 가르치기로 소문난 금융경제학 교수님의 강의 시간이었다. 하지만 그 강의에서 큰 깨달음이 있었고 내 인생의 교훈 한 가지를 얻을 수 있었다.

교수님은 삼성그룹과 외국계 회사에서 오랜 직장생활을 하셨던 분인지라 우리에게 하고 싶은 말이 있다고 했다. 그러면서 예비 직장인에게 들려주고 싶은 10가지 조언을 프린트해서 나눠주셨다. 평소에 무섭기로 소문난 분이 이런 자상한 시간을 마련했다는 자체가 놀라웠다. 하나하나 사례를 들어가며 진심을 담아 말씀해주시는 얘기들이 귀에 쏙쏙 들어왔다.

그중에 지금도 실천하고 있는 것이 바로 '나만의 고급스런 식사를 가져라.'이다.

영업을 하다 보면 지치고 힘든 날이 꼭 있다.

고객관리와 매출을 위해 긴박하게 움직이는 손과 머리, 예상했건 예상하지 못했건 겪게 되는 다양한 문제들. 시시각각 변하는 상황 속에서 에너지 소모가 많을 수밖에 없다. 물론, 마음의 저 밑바닥까지 내려갈 정도의 극한의 상황도 가끔 겪게 된다.

그렇게 힘든 날에는 집으로 가지 않고 고급스런 식당에 가서 맛있는 식사를 한다. 혼자서. 물론 그러기 위한 비상금은 항상 어딘가에 쟁여놔야 한다. 잔잔한 음악이나 고급스런 분위기에서 맛 좋은 회나 은은한 와인을 한 잔 하면서 나를 달래준다.

차분한 분위기에서 혼자 있게 되면 머릿속에 떠오르는 누군가를 객관적으로 바라보게 된다. 에너지를 온전히 나 자신의 방향으로 돌려놓고 차분하게 나를 일으켜주는 시간을 만든다.

혼자 식사하면 심심하지 않냐고? 오히려 내향적인 나에게는 이 시간이 곧 휴식이다. 누구의 눈치도 볼 필요 없고, 오로지 맛있는 음식과 무언의 대화를 나누면서 공간을 마련한다.

세일즈는 중간중간 쉼표가 있어야 한다.

느낌표와 물음표, 따옴표 등 다양한 문장을 지나서

조용한 마침표를 찍어주어야 한다.

그래야 새로운 문장이 시작된다.

혼자 끙끙 앓지 말자

내향적인 사람은 혼자서 일하는 것을 편하게 생각하고 창의력도 많이 발현한다. 하지만, 혼자서 세심하게 업무를 진행하다 보면 일의 진척도가 더딜 경우가 생길 수 있다. 그로 인해 납기가 정해진 사업에 크게 실패할 수도 있다.

내향적인 사람은 힘든 상황을 가족이나 친구들에게 털어놓지 않고 혼자서 끌어안고 있을 때가 있다. 이럴 경우에는 주저하지 말고 주변의 도움을 구하는 것이 필요하다. 동료와 상사의 조언에 귀를 기울이고 새로운 동기부여와 아이디어를 얻어야 한다. 적과의 동침이 필요하다면 과감하게 경쟁사와도 협업을 수행해야 한다. 이런 열린 사고를 갖고 영업에 임하면 생각 정리를 잘하는 내성적인 사람은 빠르게 업무를 완결할 수 있다.

A사는 최근 몇 년간 상당히 어려운 시간을 겪어오고 있었다.

동료의 구조조정과 급여의 삭감 등 직장인으로서 겪을 수 있는 모든 어려움들을 한꺼번에 겪었다고 보는 것이 맞다. 그만큼 회사 직원들의 애사심과 자신감은 땅에 떨어져 있었고, 힘든 시간이 흘러가고 있었다. 하지만 다행히도 워낙 기술력이 탁월한 회사인지라 조금씩 경영이 호전되고 있었다. 경영진은 이러한 분위기를 계속 이끌면서 떨어졌던 자신감을 회복하는 교육을 하고 싶은 마음이 생겼다.

교육담당자인 과장님은 조직 활성화 프로그램 제안요청을 업계에 있는 대부분의 오프라인 업체에 보냈다. 생산직과 사무연구직을 합해서 7천 명에 이르는 교육생이 참여하는 수억 원에 이르는 큰 프로젝트였다.

A사는 어려운 시점에 교육에 투자하는 만큼 업체 선정에도 신중을 기하는 모습이었다. 제안요청 업체는 최종 10개로 확정되었고, 최종 결선업체를 선정 후 경쟁 PT를 하는 순서로 진행이 되었다.

우리 회사는 사내에 강사진을 두고 있지 않아서 오프라인 교육의 경우 외부 전문가들과 협력하여 제안을 진행한다. 이번 건도 워낙 대형 프로젝트이기 때문에 외부 전문가와 협력하고자 했으나 접촉한 대다수 전문가가 독자적으로 또는 타 업체와 협력하여 제안하기로 되어있어서 난색을 표했다.

참 난감했다. 가족 같은 고객사라서 꼭 제안은 하고 싶은데…… 여건이 조성되지 않으니……. 하지만 두드리면 열린다고 했던가…… 다행히 기회가 왔다.

리더십 강의로 가끔 모시는 T사 대표님에게 거의 마지막이라 생각하고 전화를 드리니 흔쾌히 함께 해보자 답변을 주셨다. 게다가 비슷한 대형 제조업체인 P사에서 검증된 '드론 교육프로그램'을 제안해보자 하셨다.

6명씩 팀을 구성하여 드론을 조립하고 하늘을 날게 하여 여러 가지 과제를 수행하는 팀별 대항 프로그램이다. 직접 찾아뵙고 설명을 들으니 이미 수주한 것처럼 느낌이 좋았다. 바로 제안서 작성에 대한 실무적인 얘기를 나누고 업무 분담을 해서 제안서 작성에 들어갔다.

그리고 며칠이 지나서 제안서 제출. 첫 번째 관문인 결선 진출 업체 5

개에 다행히 우리 드론 연합팀이 포함되었다. 하지만 이때부터 고난의 길이 시작되었다.

입찰에 참여한 업체는 이미 A사와 여러 가지 오프라인 교육을 진행한 곳이 대부분이었고, 업력이 오래된 회사들이었다. 떨어진 업체와 결선 통과한 업체 상관없이 대부분 업체들이 우리가 선정된 것에 대한 의아함과 안 좋은 얘기들을 융단폭격처럼 업계에 쏟아내고 있었다.

'휴넷은 온라인 교육만 하는 곳이 아닌가?'
'휴넷이 조직 활성화 교육을 제대로 알기나 해?'

검증되고 참신한 프로그램으로 제안 경쟁을 벌이고자 했는데, 업계의 고정관념과 시샘을 한 몸에 받는 모양새가 되었다. 분명한 것은 나는 떳떳하게 정도 영업을 했고, 프로그램은 분명 A사에 맞춤형 교육을 할 수 있는 좋은 프로그램이라는 것이다. 자신감이 있었고, 절대 물러나고 싶지 않았다.

최종 경쟁 PT에서도 이 자세를 그대로 유지하고 시종 자신감 있게 PT를 했다. 하지만 경쟁사의 제안 내용도 좋았는지 최종 업체 선정까지 거의 2주 정도 지연이 되었다. 정말 피가 마르는 듯한 시간이었고, 그동안 쏟아 부은 열정이 무너지는 것은 아닌지 두려웠다.

업체 선정이 지연되는 기간 동안 협력사인 T사의 대표님이 교육프로그램 마지막에 활용할 동영상까지 손수 만들어 주셔서 교육담당자에게 진심을 담아 메일을 보냈다.

드디어 최종 발표가 나왔고, 치열한 경쟁을 반영하듯 2개 업체가 공동 선정이 되었다. 우리 회사는 사무연구직에 대한 교육을 맡게 되었다.

교육이 진행된 5개월 기간 동안 T업체 대표님이 정말 정성껏 교육을 운영하고 강의해 주서서 A사와 업계에서 갖고 있었던 일말의 불안함을 깔끔히 해소할 수 있었다.

정말 제대로 교육을 해드리고 싶었고, 마지막 교육이 끝난 후 고객이 정말 감사하다는 말을 해줄 때 영업인으로서 큰 보람을 느꼈다.

영업은 혼자 하는 업무가 아니다. 주위에 있는 다양한 사람과 솔루션에 나를 연결하고 기를 주고받으면서 성장하는 업무이다. 이러한 관계를 바탕으로 고객에게 줄 수 있는 이익과 가치를 계속 고민하다 보면 분명 방법은 생기고, 그 방법을 실천하고 도전하다 보면 결실을 맺게 됨을 믿어야 한다.

영업인에게 가장 필요한 역량은 문제해결력이다.
치열한 고민과 방안 속에서 전략이 나오고 실력이 나온다.

소중한 내 시간을 위한 선택과 집중

1911년, 인류 최초로 남극점을 밟기 위해 영국 해군 지휘관 로버트 팰컨 스콧과 노르웨이 탐험가 로알 아문센이 비슷한 시기에 도전하였다.

스콧 팀은 자원 동원 면에서 아문센 팀을 압도했다. 더 큰 배와 예산, 더 많은 대원을 거느렸고, 특히 이동 수단만 5가지를 사용했다. 개썰매, 모터 썰매, 시베리아 조랑말, 스키, 인력 썰매. 스콧에게는 하나가 실패해도 다른 선택지가 있었다. 반면 아문센은 단 하나의 이동 수단인 개썰매에 의지했다.

과연 누가 먼저 남극점에 도착했을까?

의외로 아문센이었다.

막상 남극의 얼음 밭에 도착하자 스콧은 여러 가지 이동 수단을 조율하느라 정신이 없었고, 어느 하나에도 집중할 수 없었다. 하지만 아문센은 최고의 개를 확보하는 데 강박적으로 매달렸고, 유명한 개몰이꾼을 팀에 합류시켜 훨씬 빠른 페이스로 모험에 성공하였다.

사람이라면 누구나 신경 쓸 수 있는 범위의 한계가 있다. 고객의 요구 사항을 모두 수락하고, 여러 고객에게 똑같은 노력을 쏟는다면 오히려 시간과 에너지의 부족으로 어느 고객 하나도 만족시키지 못할 수 있다.

영업의 고성과자는 중점 활동 사항과 주요 타깃 고객을 체계적으로 선정하고, 집요하게 몰입함으로써 탁월한 성과를 창출한다.

나에게 주어진 시간은 한정되어 있고, 매일 해야 할 일은 지속적으로 쌓여간다. 과연 무엇부터 시작해야 하고 무엇에 집중해야 하는가? 이 질문은 영업인에게 영원한 숙제이다.

영업을 시작한지 얼마 되지 않은 후배들에게 물어보면 가장 힘들어하는 부분이 시간의 효율적인 활용과 일의 우선순위를 정하는 것이라고 말한다. 반드시 정답이라고 할 수는 없지만 내 리소스를 관리하기 위해 꾸준히 활용하고 있는 것이 아래의 표이다. 기업교육 영업 분야의 경험을 토대로 적용해본 사례이다.

업무의 우선순위

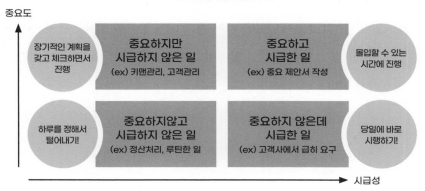

내용은 간단하다. 내가 해야 할 일 중에서 오른쪽으로 갈수록 시급한 업무로, 위로 갈수록 중요한 업무로 분류해 보는 것이다. 대부분의 사람들은 오른쪽의 시급한 일에 좀 더 우선순위를 두게 마련이다. 당장의 매출을 위해서 해야 할 업무와 고객이 급히 요구하는 사항에 대해 먼저 업무 진행을 하는 것은 어찌 보면 당연하다.

다만, 오른쪽에 있는 두 가지 유형의 업무에 대해서는 의도적으로 시간을 배분하여 효율성을 갖추려 노력해야 한다. 중요하고 시급한 일은 좀 더 집중할 수 있는 아침에 배정을 하여 업무를 스타트하고, 중요하지 않은데 시급한 일은 중간중간 갑자기 들어오게 될 경우가 많으므로 그때그때 판단하여 진행할 시기를 조절한다. 우선순위를 가리기 힘들 때는 고객에게 업무 지연에 대한 사전 양해를 구할 때도 있다.

하지만, 이러한 시급한 업무만을 하다 보면 미래를 위해 '씨를 뿌리는' 중요한 작업을 등한시 할 수 있다.

중요 고객사의 핵심고객을 관리하고, 새로운 고객사를 개척하며, 새로 나온 상품을 공부하는 것은 지금 당장 하지 않더라도 나에게 피해를 주지는 않는다. 하지만 이 활동들을 게을리 하면 나도 모르는 사이에 서서히 도태되고 만다. 그것을 깨달았을 때는 이미 내가 방문할 고객사는 줄어들어 있고, 내 영업 스킬은 무뎌져 있으며 그것을 복구하는 데 몇 배의 시간이 필요하게 된다.

**매일, 매주 내 리소스를 나만의 표를 통해 점검하고
현재 내가 어디에 있으며, 어디로 가야 하는지
좌표를 정해야 한다.**

<참고문헌>
아웃퍼포머(모튼 한센, 김영사 2019) p27

내가 느낀 감동은 고객에게 전이된다

내향적인 사람은 영업을 처음 시작하면서 고객과의 대면 상담에 어려움을 겪을 수 있다.

저서를 준비하며 인터뷰했던 각 분야 내향적인 영업 우수자들은 대부분 영업 초보 시절 고객과 상담하는 것이 제일 힘들었다고 토로했다. 나 또한 마찬가지이다. 평소에도 무뚝뚝하고 마음 표현을 잘 안하던 나에게 고객상담은 꽤나 큰 부담으로 다가왔다.

다행히도 영업 경험을 늘려가면서 스스로 찾은 방법이 '내 체험담을 자연스럽게 전해주자'이다.

곰곰이 고객과 상담할 때를 회상해 보았다.

고객 상담하면서 신났던 때가 언제였지?

고객이 내 말에 몰입하고 있다고 느꼈을 때가 언제였더라?

영업을 하면서 내 스스로 가장 몰입했던 순간을 떠올려 보면, 내가 판매할 상품과 서비스를 직접 체험하면서 만족을 느꼈던 부분, 좋았던 감정을 고객에게 전해줄 때이다. 그 순간 내 눈은 살아 있었고, 내 입은 자신감 있게 이야기를 쏟아내고 있었다.

맨 처음에는 이 사실을 몰랐다. 하지만 되짚어 생각해 보니 알 수 있었다.

'아… 그렇구나. 내가 만족하는 상품과 서비스에 대해 얘기할 때 내가 신이 났었구나.'

고객 입장에서도 좋다. 사실에 근거해서 구매 판단을 할 수 있기 때문이다. 물론 상품이나 서비스에 대한 정보는 수없이 쏟아져 나온다. 네이버나 다음을 검색해보면 이미 많은 제품 평가들로 도배되어 있다. 하지만 직접 보고 듣고 만지는 것만큼 강력하지는 않다.

포털사이트에서 어느 지역 맛집을 검색하면 엄청 멋진 식당들이 줄을 서서 자기 집을 뽐낸다. 하지만 막상 그 글과 사진을 보고 가서 맛을 보면…… 실망한 경험을 누구나 가지고 있을 것이다.

영업은 다른 나라 얘기를 해주는 것이 아니라 고객의 실생활이나 업무에 도움이 될 것을 보여 주고 느끼게 해주는 것이다. 이익이 된다고 생각하면 구매를 하는 것이고, 이익에 대한 확신이 없으면 돌아선다. 그래서 영업은 따뜻하면서도 냉정한 직업이다.

나는 내가 판매하는 솔루션에 대해 좋은 감정을 유지하기 위해 새로 출시된 신상품과 솔루션에 꾸준히 관심을 둔다.

· 아! 이 콘텐츠 ○○고객사에 소개하면 좋겠다.
· 맞아! 그렇지. 저 교수님 강의는 너무 공감돼.
· 이 콘텐츠는 신입사원에게 도움이 되겠는데.

· 이 솔루션은 사내 직무 교육을 위한 콘텐츠 제작에 도움이 되겠어.

내가 체험해보고 경험한 그 순간의 느낌을 고스란히 머릿속에 간직한다. 그리고 그 느낌을 고객에게 스토리텔링 하는 데 집중한다. 어떤 허황됨도 싫다. 자랑하듯 말하는 것도 싫다. 다만 나의 담백함과 있는 그대로의 진심, 그리고 고객에게 어떤 혜택이 있을지를 짚어준다. 그리고 비슷한 타 고객사에서 어떻게 효과를 봤는지를 말씀드린다.

고객은 기가 막히게 안다. 내가 장사꾼인지, 전문가인지.

회사 내에는 많은 상품과 솔루션이 구비되어있다. 하지만 영업사원마다 선호하는 상품과 서비스가 다르고, 그에 따른 상품별 매출액도 다르다.

예를 들어 온라인 MBA과정에서 어느 교수의 강의가 인상적이었다면 그분 강의를 들었을 때의 내 느낌과 감동을 고객에게 자연스럽게 얘기하게 된다. 또한, 내가 '사피엔스'라는 스테디셀러를 기반으로 한 북러닝 과정을 학습했을 때 큰 감동을 느꼈다면 인문학 과정 추천을 해달라는 고객에게 신이 나서 설명을 해줄 것이다.

이렇게 정말 몰입해서 고객에게 이야기해주다 보면 자연스럽게 내가 느낀 감동이 고객에게 그대로 전이된다.

영업인 중에는 고객에게 상품에 대한 설명만을 충실하게 하는 사람이 있다. 그 사람의 설명을 듣다 보면 A부터 Z까지 빠짐없이 놓치지 않고 특장점 위주로 잘 설명을 한다. 영업사원은 설명을 끝낸 후에 자신의 지식과 언변에 스스로 감탄할지 모르지만, 고객 입장에서는 얻는 것이 별로 없다. 고객은 무엇이 중요한지 혼동을 겪게 되고, 장황한 설명 속에서 별 다른 매력을 못 느끼게 된다. 결국 고객에게 사실은 전달했지만 감동까지는 전달하지 못한 것이다.

최고의 영업인은 평범한 영업인에 비해 고객의 욕구와 상품을 좀 더 능숙하게 다룬다. 그들은 가망고객의 관심과 흥미를 끌 수 있는 상품과 서비스의 특징만을 이해하기 쉽게 풀어서 소개한다. 고객은 내가 원하는 것, 내가 끌리는 것이 있으면 가격이 비싸도 사게 된다. 이를 위해 필요한 것이 영업인의 판단, 신념이다.

고객 상황에 대한 명확한 이해.
상품에 대한 자신감.
상품이 고객에게 이익을 가져다줄 것이라는 확신.
이것이 진정한 설득이요, 영업이다.

설득은 객관적인 것이 아니다.
설득은 영업인의 확신이 들어간 주관적인 행동이다.

거절에 대한 두려움

세계적인 비즈니스 컨설턴트이자 영업 전문가인 브라이언 트레이시는 영업인의 판매 활동을 가로막는 가장 큰 장애 요인이 '거절에 대한 두려움'이라고 말한다.

돌이켜보면 내가 걸어온 영업의 길은 거절의 역사라고 해도 과언이 아니다. 보험회사, 전집 방문판매, 기업교육 영업에 이르기까지 수많은 거절 속에서 업무를 진행했다.

동일한 상황에서 내향적인 영업인은 이를 더 예민하게 받아들여 외향적인 영업인보다 더 큰 상처를 받을 수 있다. 하지만 거절에 대한 두려움은 고객 입장이 되어 반대로 생각해 보면 오히려 쉽게 풀릴 수 있는 문제이다.

휴넷에 입사했을 때는 아직 기업교육 업계에 알려지지 않은 작은 교육업체였고, 판매할 수 있는 과정도 적은 상황이었다. 입사했을 즈음부터 휴넷이 본격적으로 기업 고객 대상 B2B 영업을 시작한 것이니 내 스스로에게나 회사에게나 새로운 도전의 연속이었다.

고객사 수를 늘리는 것이 가장 중요했고, 이를 위해 휴넷을 알리고 방문 약속을 잡는 것이 활동의 최우선 목표였다. 나에게 배정된 1,000대 기업 리스트를 받았지만, 고객사 담당자의 연락처가 없는 회사도 많았다. 그만큼 기존 고객사가 아직은 적다는 반증이었다.

고객사 대표전화로 전화해서 인재개발팀이나 인사팀 전화번호를 알아내고자 시도했지만 연결되는 확률은 10% 미만이었다. 교육담당자와 연결된다 하더라도 반갑게 맞아주는 분은 거의 없었다. 귀찮다는 듯이 이미 진행하고 있는 업체가 있다고 끊어버리는 분도 있었고, 방문은 부담스럽고 이메일로 회사소개 자료만 보내달라는 분도 많았다.

물론 이메일을 보내드리고 며칠 후 전화 드리면 대부분 보지 않았다. 이런 상황이 반복되다 보니까 나에게도 두려움을 넘어 공포감까지 생기기 시작했다. 심지어 고객사로 전화하면서도 마음속으로는 '제발 고객이 전화를 받지 않았으면'하고 바랄 때도 있었다.

나는 고객에게 거절을 하지 말아 달라고 강요할 수도 없었고, 초라해지는 마음도 어쩔 수 없었다. 하지만 알아야 한다. 거절은 세일즈맨의 행동과 무관할 수 있고, 광고와 정보의 홍수 속에 일종의 자기 보호일 수 있다. 경험을 통해 깨달은 것이지만, 내가 거절에 대한 두려움이 있다면 고객은 선택에 대한 두려움이 있다.

이 상품을 구매한 후에 기대보다 품질이 낮으면 어떡하지?

회사의 중요한 프로젝트인데 업체를 잘못 선정하면 나에 대한 평가는 어떻게 되지?

오히려 그 두려움이 영업인의 두려움보다 훨씬 더 클 수 있음을 알아야 한다. 그 자연스러운 사람의 마음을 이해해야 한다. 뿐만 아니라, 세상이 급속히 변화하고 있는 만큼 고객도 자신의 일에 바쁘다. 고객은 자신의 업무와 해야 할 일로 인해서, 당신이 시야에 안 들어올 수 있다. 당신이 싫어서가 아니다. 따라서 거절을 당하는 것은 영업인에게 두려움의 대상이 아니라 자연스러운 과정으로 보는 것이 맞다.

브라이언 트레이시는 저서 〈판매의 원리〉에서 거절에 대한 극복방법을 제시했다. 그는 영업인 자신이 거절을 두려워한다면 그 두려움을 극복하는 길은 계속 시도를 해서 두려움이 저절로 없어지도록 하는 것이라고 말했다. 이러한 방법을 '체계적 둔감화(systematic desensitization)'라고 지칭한다. 힘들고 혹독한 방법이지만 가장 빠르고 명확한 길이기도 하다.

영업인은 꾸준하고 일관되게 고객을 만나고 자신을 각인시켜야 한다. 그러면 자연스럽게 고객의 눈에 드러나 보이고, 고객의 마음에 들어가게 된다.

거절은 고객의 본능이요, 권리이다.

〈참고문헌〉
판매의 원리 (브라이언 트레이시, 2003) p53~56

나만의 속도를 인정하고 유지하자

나는 다른 사람들보다 느리게 먹는다.

점심에 구내식당에서 동료들과 함께 식사를 하면 항상 직원들이 나보다 빨리 먹는다. 나 때문에 우두커니 기다리게 하는 것이 미안해서 더 빨리 먹어보려 하지만 그것이 뜻대로 되지 않는다. 그래서 적당히 양을 조절해서 음식을 담을 때도 있고, 미리 양해를 구하고 충분히 먹을 때도 있다. 동료들은 천천히 드셔도 된다고 하는데 모두 나만 쳐다보는 것 같아서 오히려 난감할 때가 있다.

나는 다른 사람들보다 느리게 말한다.

내가 하고 싶은 말을 머릿속에서 한 번 더 정돈해서 말하고 싶고, 상대방의 반응이나 표정도 살피게 된다. 하고 싶은 말만 하는 것이 아니라 말하는 주위의 상황까지 고려하게 되는 것이다.

내가 의식적으로 하려고 하는 행동이면 제어가 되겠지만, 내 스스로가 그런 사람이다.

나와 함께 일해온 직장 상사는 외향적이고 속도감이 빠르다. 내가 영업 상황을 보고드리면서 나름 생각한 흐름대로 대화를 풀어가면 그분 입장에서는 그 흐름이 답답한가 보다. 내 말을 끝까지 듣지 못하고 중간에 끊고 자기 의견을 얘기할 때가 많다.

"그래서 결론이 뭐예요?"
"결국 이렇다는 얘기 아닌가요?"
"그것 말고 이렇게 하면 어때요?"

내 말이 끝나기도 전에 새로운 질문과 의견에 답변을 하려다 보니 나는 머릿속이 멈춘 듯이 하얗게 되는 경우를 몇 번 겪었다. 그렇게 대화를 하고 내 자리로 돌아오면서 한 번 더 후회를 한다.

'맞아. 이 말도 했어야 했는데……'
그 못했던 말이 앙금처럼 남아있을 때도 있다.

마티 올슨 레니는 저서 〈내성적인 사람이 성공한다〉에서 이러한 상황을 토끼와 거북이 경주에 비유했다. 내 직장상사는 토끼처럼 깡충깡충 뛰어가지만 나는 거북이처럼 한 발짝 한 발짝 기어간다. 하지만 거북이로 태어난 내가 토끼처럼 뛸 수는 없는 일이다. 몇 번 난감하기도 했고 마음에 상처도 받으면서 이 상황을 어떻게든 해결해야겠다고 생각했다.

고민 끝에 내가 내린 결론은 '내가 어찌할 수 없는 나만의 속도와 에너지는 차라리 지키자'이다. 그러기 위해 말하는 순서를 바꿔보기로 했다. 영업 상황을 보고하거나 그분이 질문을 할 때는 두괄식으로 답변을 드렸다.

"결론은 이렇습니다. 왜냐하면~."
"이러한 전략으로 가는 것이 좋겠습니다. 고객사 상황이 이러이러하기 때문이죠."

이렇게 방법을 바꾸니 어느 정도 대화의 보조를 맞추고 내가 하고 싶은 말도 충분히 할 수 있게 되었다.

주위의 내향적인 사람들을 살펴보면 나처럼 행동이나 말이 느린 사람이 많다. 한때 내가 느꼈던 좌절과 상처를 그들도 내색은 안 하지만 겪었을 것이다.

만약 아직도 외향적인 사람처럼 달라지기를 원하고 끊임없이 기대하고 있다면 제발 포기하고 스스로를 인정하라고 말하고 싶다.

타고난 기질에 대해서 담담히 받아들이고 긍정적인 힘을 불어넣어야 한다. 외향적인 사람들처럼 많은 친구들과 어울리고 많은 일들을 빠르게 진행할 수는 없어도 깊이 있는 우정과 의미 있는 일을 충분히 펼칠 수 있음을 알아야 한다.

그리고, 성공적인 사회생활을 위해서는 자기만의 속도를 유지하고 지켜내는 것이 중요하다. 그래야만 내 안의 에너지가 충분히 발산되어 계획한 대로 일을 이끌어 나갈 수 있다. 만약 자신의 속도를 유지하지 못하면 중압감에 시달리고 에너지는 고갈되어 모든 일이 엉망이 될 수 있음을 알아야 한다.

그래서 적절한 타협도 필요하다. 내가 활용할 수 있는 에너지와 속도를 이해하고 그에 맞게 업무 순서를 조정할 수 있으며, 대화 방법을 바꿔볼 수 있어야 한다.

필요할 때는 혼자만의 시간을 마련하여 쉼표를 가져야 한다. 그것은 부끄러운 것이 아니라 내가 인생의 주인이 되기 위한 당연한 권리이다.

<나만의 속도를 유지하기 위한 Tip>

1) 목표를 정할 때 내 체력과 에너지, 속도를 감안해서 현실적으로 정해야 한다. 작은 성공을 이룬 자신감이 에너지로 전환되면 좀 더 강도와 속도를 강화할 수 있다.

2) 해야 할 업무를 세부적으로 나눠서 관리하고 실행에 옮긴다. 주어진 일을 100% 다한 후에 보고하기보다 보고 시점을 나눠서 중간에 보고하는 것도 방법이다. 꼼꼼하고 예민한 내향인에게 이것은 아주 잘 할 수 있는 일이다.

3) 쉬어야 할 때는 쉰다. 남보다 시간이나 에너지가 부족해서 낙담할 필요가 없다. 외부 세계의 자극을 적절히 통제하는 것이 지치지 않고 열정적으로 오래 가는 방법이다.

<참고문헌>
내성적인 사람이 성공한다 (마티 올슨 래니 / 선돌) p240~242

아닌 것은 아닌 것이다

내향적인 사람은 기본적으로 타인과 감정적으로 충돌하는 것을 싫어한다.

고객이 상식 밖의 요구를 하거나 이해하기 힘든 불만을 제기했을 때 이에 대해 용기 있게 말하지 못하는 경우가 있다. 이럴 경우 마음은 무거워지고 근심이 쌓이게 된다. 그렇다고 고객의 잘못된 행동을 조건 없이 받아준다면 다음에 또 비슷한 요구를 할 것이다.

이를 해결하는 가장 좋은 방법은, 심리적으로 더 이상 힘든 순간이 오기 전에 용기를 내어서 내 솔직한 감정을 고객에게 얘기하는 것이다. 물리적으로 제공하기 힘든 일정과 가격을 요구하는 고객사와 함께 일하게 되면 속으로 화가 치밀어 오를 때가 있다. 하지만 현실을 도피하지 말고, 차분하게 감정을 가라앉히고 마음을 전달해야 한다. 왜 물리적으로 힘든지 논리적으로 설득하고 양해를 구해야 한다.

[에피소드 1]

코로나가 발생한 2020년부터 대부분 기업은 오프라인 교육을 축소하고 비대면이 가능한 온라인 교육을 확대하기 시작했다. 이에 따라 고객사는 기존 운영하던 오프라인 교육을 온라인 교육으로 전환하되 운영해오던 정책(입과, 수료, 평가 등)은 유지하고자 온라인 교육 플랫폼의 맞춤형 개발 및 운영을 요구하기 시작했다.

C고객사는 기존 운영하던 오프라인 교육체계가 복잡하기도 하고 조직도 여러 개로 나뉘어져 있어서 플랫폼 개발과 교육 운영에 상당히 많은 자원을 투여해야 했다.

특히 운영 부서가 힘들어했던 것은 고객사 담당자가 수시로 요청사항을 주면서 하루 안에 해결해야 한다고 당연히 요구하는 부분이었다. 온라인 교육 플랫폼을 수정하는 업무는 여러 부서의 협업을 통해 진행돼야 하기 때문에 운영 담당자는 고객사의 무리한 일정 요구를 받아들이기 힘들었다.

고객사 관리를 책임지고 있는 사람으로서 결정을 내려야 했다. 속으로 화도 났지만, 차분히 마음을 가라앉히고 생각을 해보니 고객이 우리의 업무 프로세스를 전혀 모르기 때문에 그렇게 요구할 수 있겠다는 생각이 들었다. 그래서 우선 이메일로 고객사의 요청 사항 별로 어떻게 업무가 진행되는지 프로세스와 필요 일정을 정리해서 보내드렸다. 그런 다음 방문하여 상호 간의 장기적인 WIN WIN을 위해 지켜야 할 기준이 있음을 설명 드렸다.

물론, 그 이후로 고객사의 무리한 요구사항이 100% 사라지지는 않았지만, 많은 부분에 대해 요구범위와 일정을 컨트롤 할 수 있었다.

영업 현장에서는 매일 다양한 문제 상황이 발생한다. 모든 것을 완벽하게 해결할 수는 없겠지만, 논리적으로 상황 재정리를 함으로써 상호 간에 감정적인 상처 없이 차단할 수 있는 방법은 존재한다.

결국 고객에게 의견을 밝혀야 할 때는 주저하지 말아야 한다.

[에피소드 2]

고객사인 B유통업체에 새로운 교육담당자가 입사하였다.

대리급이고, HRD대학원을 졸업하여 학력도 높은 분이다. 하지만 이분에게 방문 미팅을 하면서 느낀 것이지만…… 자신의 고집이 강하고, 세상이 자기중심으로 변해야지 자기가 세상에 적응해서 바뀌는 것을 용납하기 힘들어하는 분이었다. 그러다 보니 회사 상사와의 트러블도 자주 발생하고, 스트레스도 상당히 많아 보였다.

방문할 때마다 듣는 얘기는 상사에 대한 불만, 상사의 안 좋은 점, 그 안 좋은 점을 본인이 지적했다는 자랑 등이었다. 그럼에도 좋은 관계를 유지하려고 마음 굳게 먹고 방문을 해도 이러한 상황의 반복이었다.

나는 그분과 세 번의 만남 후에 다시는 만나지 않기로 마음먹었다. 그분을 만나고 나오면 소중한 활동시간을 허비한 느낌이 들었고, 특히 정신적인 에너지 소모가 컸다. 이러한 리소스를 오히려 새로운 고객 발굴이나 기존 고객의 밀착관리에 활용하는 것이 훨씬 효율적이라고 판단했다.

물론 모든 일을 효율성으로만 판단할 수는 없지만, 내 에너지를 소모하는 것에 대해서는 엄격한 기준을 적용해야 한다고 생각한다.

세일즈는 리소스(resource)의 싸움이다. 내가 투자할 곳과 시간의 우선순위를 정하고 좀 더 깊이 관여해야 할 사안을 선정하여 몰입하는 것이 중요하다.

내 일의 가치를 모호하게 만드는 고객을 비워야
새로운 고객을 창출할 수 있는 공간이 생긴다.

시야를 넓히자

내향적인 사람들의 재능은 타인에게 쉽게 보이지 않을 수 있다. 하지만 그들이 마침내 자신의 잠재력을 발견하게 되면 얼마나 큰 힘을 발휘하는지 내향적인 위인들의 이야기를 통해 우리는 확인할 수 있다.

그렇다면 자신의 잠재력을 어떻게 발견할 것인가?

나는 영업이라는 큰 테두리에서 꾸준히 성장해온 시간들을 돌이켜보면서 몇 번의 중요한 순간들이 있었음을 깨닫는다. 기차에서 커피 판매 아르바이트를 하면서 판매의 재미를 맛보았던 경험, 보험회사에서 강단에 올라 처음으로 강의를 했을 때 느꼈던 짜릿한 즐거움, 수억 원의 매출이 판가름 나는 살벌한 경쟁 입찰 프레젠테이션에 들어가기 전 거울을 보고 '할 수 있어!'를 외쳤던 그 긴장감. 그 모든 것이 하나의 경험이었고, 시험대였다. 나는 자의건 타의건 그 상황에 지속적으로 노출이 되었고, 그 안에서 새로운 자신이 기존의 나를 넘어섰다.

성장하려면 결국 현실과 맞서야 하고, 외부와 교류해야 한다.

내향적인 사람에게는 힘든 요구사항일 수 있지만, 외향적인 사람의 행동을 배울 필요가 있다. 다만, 내 안의 에너지를 너무 소비하지 않는 범위 내에서 외부 활동에 참여하길 바란다. 관심 분야의 전문가들과 대화하고 배우면서 성장의 발판으로 삼아야 한다. 많은 사람들과의 교류는 내성적인 사람에게는 피로감으로 올 수 있다. 나와 마음이 통하는 소수의 인원만 있어도 된다. 그들과의 교류는 분명 의미가 있고 내 인생을 풍요롭게 해줄 것이다.

휴넷에 입사한지 3년 차 되던 해에 영업에 대한 잠재력을 마음껏 발휘하여 월등한 매출 신장을 이루었고, 이것을 계기로 다음 해에 회사의 지원을 받아 전 세계 교육담당자가 모이는 글로벌 컨퍼런스인 ATD를 다녀올수 있었다. 마침 미국의 중심인 워싱턴에서 개최되었고, 이동하는 경로에 뉴욕에서 하루 체류할 수 있는 일정까지 확보되어 평생 잊지 못할 다양한 경험을 할 수 있었다.

나는 세계에서 모여든 HRD 전문가들의 강의를(통역을 통해) 들을 수 있었고, 매일 저녁 한국 교수님의 자세한 디브리핑 강의까지 받을 수 있었다. 또한, 미술책에서만 바라보고 동경하던 MoMA에 직접 방문하여 샤넬의 그림을 감상하고, 브로드웨이에서 '오페라의 유령'을 관람하고, 워싱턴의 국회의사당 근처를 뚜벅뚜벅 걸어 다니면서 환상적인 경험을 했다.

ATD를 다녀온 후 기존에 없었던 욕심이 마음속에서 꿈틀거렸다.

'워싱턴에서 접했던 다양한 경험과 새로운 지식들이 진정으로 나의 것이 되도록 해보자. 고객에게 상품만을 판매하는 것이 아니라 내 안에 지식을 쌓아서 나눠드리자. 그러기 위해 전문가가 되어야 한다. 그럼 어떤 방법이 있지?'

답은 대학원이었다.

HRD에 특화된 커리큘럼을 갖춘 교육대학원.

몇몇 지인들은 나이도 많은 데다 영업을 하는 사람이 대학원 졸업까지 무사히 끝낼 수 있겠냐며 걱정 아닌 걱정을 해주었다. 걱정은 감사한데 그래도 꼭 들어가고 싶었다. 기업에 맞는 교육프로그램을 영업한다면서 고객에게 적당히 판매하고 싶지는 않았다. 제대로 지식을 쌓고 싶었고, 제대로 알고 교육 컨설팅을 해주고 싶었다. 그렇게 40대 중반의 늦은 나이에 대학원에 지원하였고, 감사하게도 14명의 신입생 안에 포함되었다.

직장인을 위한 대학원이었기에 저녁 6시 40분부터 수업이 진행되었고 체력적으로 피곤한 나날들이었지만 마음만은 너무 풍요롭고 젊어진 시간이었다.

다행히도 회사에 출퇴근 시간 조정제도가 있어서 8시 출근, 5시 퇴근으로 시간을 조정할 수 있었지만, 전철 타고, 저녁 먹고, 캠퍼스 안쪽에 있는 강의실까지 뛰어가는 것은 나에게 참으로 숨 가쁜 일상이었다. 김밥 하나 들고 우물우물 먹으면서 캠퍼스를 뛰어가던 추억은 돌이켜 보면 애환이요 추억거리다.

사실 의도한 바는 아니었지만, 대학원 생활을 통해 나는 열심히 삶을 사는 대학원 동기들과 선후배를 만날 수 있었고, 스스로에게 동기부여를 할 수 있어서 행복했다.

대학원을 나온 이후에도 나는 관심 분야였던 코칭, 퍼실리테이션에 대한 유료 프로그램에 참여하여 배움에 대한 갈증도 풀고 그 분야의 전문가를 만나면서 계속 내 시야와 생각의 폭을 넓혀 나갔다.

나는 마음이 끌리는 분야를 경험을 하고 싶었고, 그대로 실행에 옮기려고 노력했다. 이러한 과정은 거창한 인맥 쌓기나 지식 함양보다는 하고 싶은 것이 무엇인지 스스로에게 묻고 답하는 과정이었다.

외향적인 분들처럼 폭넓게 교류하지는 못하지만 깊이 있게 대화를 나

눌 사람들이 충분히 있었고, 내 업무와 학업을 함께 끌고 갈 수 있을 만큼 내 안의 에너지를 중간중간 체크하고 보충했다.

요즘은 새로 영업을 시작하는 후배들을 위해 강의를 많이 해주고 있다. 무엇이 중요하고 무엇부터 해야 할지 모르는 후배들에게 항상 빼놓지 않고 꺼내는 단어가 '기본'과 '전문성'이다.

두 가지를 끊임없이 추구하다 보면 지속적으로 성장할 수 있고, 자신의 일에서 큰 획을 그을 수 있다고 믿는다. 그러기 위해 아래 3가지 표를 강의 내용에 꼭 넣는다.

· 첫 번째로, 나를 객관적으로 바라보아야 한다. 나를 잘 이해하고 나에게 맞는 방법을 찾아야 지치지 않고 나아갈 수 있다.

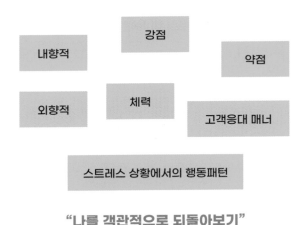

"나를 객관적으로 되돌아보기"

· 내가 있는 업계의 판세를 읽어야 한다. 무슨 특성이 있고, 어떻게 변화하고 있고, 고객이 무엇을 원하는지 들여다보아야 한다. 그래야 효율적으로 내 시간과 노력을 활용할 수 있다.

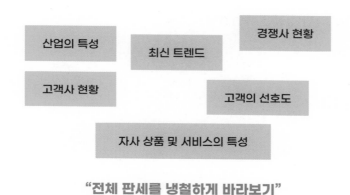

"전체 판세를 냉철하게 바라보기"

· 마지막으로, 외부와 꾸준히 교류해야 한다. 내 마음의 그릇에 버리고 채우는 과정을 통해 마침내 성장하게 된다.

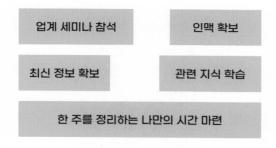

"내가 최고 전문가가 되기위한 계획 작성"

고인이 된 유명한 무술배우 이소룡은 "나는 만 가지 킥을 아는 사람이 두렵지 않다. 내가 두려워하는 사람은 한 가지 킥을 만 번 연습한 사람이다"라고 말했다.

먼저 한 가지라도 제대로 실력을 갖추자. 그런 후 끊임없이 역량을 강화하자. 그러면 성공은 자연스레 따라올 것이다.

당신의 브랜드는

나는 참 재미없는 사람이다.

내향적인 사람들이 그렇듯 남들의 얘기를 듣기 좋아하고 항상 진지한 타입이다.

영업 초기에는 유머 감각을 키우려고 일부러 책을 사서 연습했었다. 분명 내가 봐도 재미있는 내용과 표현인데, 실제로 친구들에게 써먹으면 분위기가 썰렁해진다. 그 맛깔스러운 표현을 살려내는 것이 정말 힘들다. 그러다가 어느 순간 몸에 맞지 않는 옷을 굳이 입을 필요가 있나 싶은 생각이 들었다.

차라리 나는 진지하게 가자. 고객에게 이익이 되는 정보를 주는 영업인이 되자. 그래서 정한 내 브랜드는 '진정성'이다. 진정성의 의미 안에는 고객에게 도움이 되는 것에 모든 생각을 집중하자는 뜻이 숨어 있다.

이메일로 제품이나 서비스 소개 글을 써서 보내도 대다수 고객은 이를 기억하지 못한다. 글을 수신했다는 답장이 돌아와도 막상 방문해서 여쭤보면 제품에 대해 전혀 모르고 있는 경우가 많다.

고객 입장에서 나는 여러 방문자 중의 한 명일 뿐이고, 여러 선택지 가운데 하나인 것이다. 따라서 고객 입장에서는 넘쳐나는 정보의 홍수 속에서 귀담아 듣거나 보지 않을 수 있다. 이러한 상황 속에서 고객의 기억에 각인되려면 어떻게 해야 할까?

바로 나만의 브랜드가 있어야 한다.

가끔씩 고객사 담당자가 내가 제안하기 힘든 영역의 제안 요청을 할 때가 있다. 예를 들면, 실무 경험을 갖춘 특정 직무의 전문가를 강사 초빙 요청하는 경우가 그렇다. 기업마다 독특한 직무들이 있는데 수요가 적은 직무 분야이면 시장에서 솔루션을 구하기 쉽지 않다. 내가 보유한 인맥 네트워크를 넘어서는 분야라면 깨끗하게 인정하고 도움을 줄 것으로 예상되는 외부 업체를 대신 찾아드리거나 소개해 드린다.

당장은 내 매출 기회를 놓칠 수 있지만 나는 더 큰 '믿음'을 얻을 수 있다고 믿기 때문에 기꺼이 해드린다.

고객의 이익에 초점을 맞추기 위해서는 고민 사항을 충분히 경청한 후에 판단하려 노력한다. 고객에게 최적의 제안을 하지 못할 경우에는 정중하게 제안이 힘듦을 말씀드리기도 한다. 기업의 마케팅부서가 브랜드를 철저하게 관리하듯이 내 스스로 말과 행동에 있어 원칙을 잃지 않으려고 한다.

결국 영업은 내 자신이 브랜드이기 때문이다.

나만의 브랜드

"수많은 영업인 중에서 어떻게 나를 차별화할 것인가?"

외향적인 고객과 친해지기

이 세상에는 내향인이 많을까, 외향인이 많을까?

내향인에 대한 따뜻한 조언을 담은 〈월요일이 무섭지 않은 내향인의 기술〉에서 안현진 작가는 몇 가지 통계자료를 인용하여 소개했다.

1998년 마이어스-브릭스 재단은 '내향성-외향성'에 대한 최초의 공식적인 무작위 표본조사를 3,900명을 대상으로 실시했고, 결과는 50.7%가 내향적이라는 사실이 드러났다. 2001년에 1,378명을 대상으로 진행된 후속 연구에서는 내향적인 사람의 비율이 약 57%로 오히려 더 증가했다.

세상에는 우리가 알고 있는 것보다 더 많은 내향적인 사람이 살고 있다. 또한, 세상은 내향적인 사람과 외향적인 사람이 비슷한 비율로 함께 어우러진 사회이다. 그만큼 내향적인 영업인은 외향적인 고객의 성향에 대해서도 잘 인지하고 있어야 한다.

외향적인 고객과 어떻게 친해질 것인가?

유명한 내향성 연구가인 마티 올슨 래니는 저서 〈내성적인 사람이 성공한다〉에서 멋진 비유를 들었다. 외향적인 사람은 세상을 향해 밖으로 빛을 뿜어내는 등대와 같고, 내향적인 사람은 그들 안에서 불꽃을 피우는 호롱불 같다고 표현했다.

또한, 마티 올슨 래니는 외향적인 직장인의 특징을 다음과 같이 설명했다.

- 결정이 빠르고, 신속하게 행동에 옮긴다.
- 일의 속도가 느리거나 반복적일 때는 참지 못하고 지루해한다.
- 말하면서 생각한다.
- 언어 능력이 뛰어나 논쟁을 즐기고, 질문도 많다.
- 사람들의 관심을 즐기고 이를 고맙게 받아들인다.

여러분이 위의 특징에 착안하여 외향적인 고객 대상으로 활용해 볼 수 있는 Tip은 다음과 같다.

- 제안 받은 솔루션이 마음에 들면 빠르게 의사결정을 할 수 있으므로, 명확하게 니즈를 파악하여 맞춤형 제안에 주력한다.
- 고객의 요구사항이나 문의사항에 대해 고객이 예상한 시점보다 빠르게 답변을 주게 되면 신뢰감을 높일 수 있다.
- 고객은 대화를 하면서 생각을 정리하고 의사결정을 하는 성향이 있으므로, 질문을 통해 고객이 자신의 생각을 꺼내서 스스로 정리할 수 있게끔 시간과 공간을 제공해야 한다.
- 고객과 논쟁을 벌이면 내향적인 영업인은 많은 에너지를 소모하게 된다. 고객과 논쟁이 일어날 수 있는 상황이라면 먼저 평정심을 잃지 말고 호흡을 길게 한다. 그리고, 고객의 말을 정리한 뒤 자신이 정확히 이해했는지 확인한다. 이렇게 생각할 시간을 확보하면서 고객

관점에서 타당한 것은 인정하고, 주장할 내용은 사실 위주로 응대한다. 역으로 고객에게 고견을 구해도 좋다. 고객에게 무안을 주거나 잘못되었다고 표현하는 것은 상황을 악화시킬 수 있으니 매우 조심해야 한다.

· 고객과 만나면서 좋아하는 취미, 최근 관심사, 장점 등을 눈여겨보았다가 진심어린 관심과 칭찬을 보여주면 고객은 훨씬 더 당신을 친밀하게 생각할 것이다.

<참고문헌>
월요일이 무섭지 않은 내향인의 기술 (안현진, SOUL HOUSE) p100~101
내성적인 사람이 성공한다 (마티 올슨 래니, 선돌) p240~242

4장 — 내공을 키우는 영업전략

"

최상품의 포도는 모래흙에서 자라는 것이다. 모래
흙에서 자라는 포도나무들은 자신들에게 필요한 자
양분을 섭취하기 위하여 더욱더 깊이 모래 속을 파
고들어야만 하는 시련을 겪는다. 때문에 와인은 더
욱더 영양과 맛이 깊어진다.

"

– 존 맥스웰, '매일 읽는 맥스웰 리더십' –

정보를 파악하는 열쇠 '질문'

고객과의 신뢰가 구축되면 다양하고 중요한 정보들을 획득할 확률이 높아진다.

영업사원은 고객을 관리하면서 고객을 둘러싼 상황은 어떠한지, 고객의 숨어 있는 니즈는 무엇인지, 내가 접촉하지 못한 영향력자는 누구인지, 누가 가장 파워 있는 영향력자인지 등 영업 성공 확률을 높이기 위한 모든 정보를 파악하기 위해 노력해야 한다.

"이 교육을 통해서 무엇을 얻고 싶으세요?"
"기존에는 이 교육대상자에게 어떤 교육을 진행했나요?"
"최근 대표님이 강조하는 키워드가 무엇입니까?"

나는 고객사에 방문하기 전에 정보 파악을 위한 질문을 준비한다.

영업의 초짜 시절을 돌이켜보면 그때는 질문보다 설명을 많이 했다. 회사소개 팸플릿이나 상품소개 프린트물을 보여드리면서 주로 설명을 했다. 정말 열심히 설명을 했지만 고객이 내 설명에 집중한다는 느낌을 크게 받지 못했다. 영업을 잘하는 선배들과 수차례 동행하면서 조금씩 이유를 알게 되었다.

영업을 잘하는 사람에게는 강력한 질문의 힘이 있다. 질문을 두려워하고 준비하지 않으면 그 상담은 의미 없는 만남일 뿐이다. 의미 없는 만남을 가진 후에 고객은 다시는 나를 찾지 않는다. 가뜩이나 바쁜 업무 속에 있는데 나를 위해 시간을 내어주지는 않는다. 고객은 나보다 전문가인 영업인을 만나 계약을 맺을 것이다.

영업을 시작한지 10년이 지난 지금도 중요한 미팅이나 첫 방문을 하기 전에 노트에 질문할 것을 적어본다. 영업 현장에서 질문을 통해 얻게 되는 효과는 상상 이상으로 크다.

1) 질문은 고객의 관심을 오로지 나에게 끌어들일 수 있다.

고객에게 질문을 하면 그에 대한 답변을 주기 위해 고객은 자신의 생각, 또는 현재의 상황을 떠올리게 된다. 질문을 받는 순간 뇌에는 자연스럽게 공간이 만들어지고, 이것을 메우기 위한 작업이 시작되기 때문이다. 현재 자신의 상황을 차분히 생각하게 된다. 그리고 답변을 주면서 나와 소통하게 된다.

이러한 질문들이 짜임새 있게 논리적으로 이어지면 고객은 자신의 욕구나 문제 사항을 스스럼없이 얘기하게 된다.

질문은 고객의 마음을 열게 하는 마법의 열쇠이다.

2) 질문은 나에 대한 신뢰감을 높이는 좋은 도구이다.

고객 입장에서 질문을 받고 답변하면서 얘기를 나누다 보면 앞에 있는 영업인을 단순한 판매자가 아닌 상담자, 컨설턴트로 인식하게 된다. 나의 상황을 경청해주고, 그 상황에 대해서 함께 고민하는 파트너로서의 동

질감을 느끼게 된다.

질문은 고객과 나를 이어주는 비밀의 열쇠이다.

3) 질문은 솔루션을 제공하기 위한 기초 정보의 관문이다.

질문을 통해 고객의 상황과 욕구, 의심과 두려움, 여러 문제점들을 파악하게 된다. 이 모든 것은 최종적으로 제안할 솔루션의 방향을 결정한다. 고객과의 상담을 마치고 그에 맞는 해결방안을 고객에게 제시하면 분명 고객은 나를 전문가로 바라보게 된다.

질문은 고객을 위한 솔루션의 열쇠이다.

코칭에서는 질문을 마중물에 비유한다. 아무리 좋은 물이 땅속에 가득하다 해도, 마중물이 없으면 퍼 올릴 수가 없다. 질문은 상대방 내면에 있는 잠재력을 끌어올리는 마중물 역할을 한다.

영업에서도 마찬가지다. 고객은 현재의 상황을 개선하고 싶고, 자신의 욕구를 실현하고 싶다. 의외로 많은 고객이 자신이 어떤 니즈를 갖고 있는지 모른다. 그러한 마음속의 이야기들을 꺼내주고 새로운 관점으로 바라보게 해주는 것이 바로 질문인 것이다.

내가 고객상담시 주로 사용하는 질문은 '정보질문', '확인질문', '문제파악질문'이다.

정보질문은 첫 방문 시나 제안요청 초기에 고객을 둘러싼 정보를 명확히 이해하기 위한 질문이다.

나는 초두 미팅의 경우 고객을 이해하기 위해 어떤 직무를 해오셨고 현재 팀에서 맡고있는 업무는 무엇인지 질문한다. 그리고, 회사 상황에 대해 미리 파악해온 내용이 실제로 맞는지 질문을 통해 확인한다. 이를 통해 고객의 성향과 회사의 상황을 이해하고 고객과의 공감대를 이끄는 쪽으로 대화를 이끈다.

<정보질문 예시>

· 과장님. 현재 인재개발팀에는 몇 분이 근무하세요?

  그럼 과장님은 교육업무를 오랫동안 해오셨나요?

· 제가 뉴스를 통해 들은 바로는 최근에 대표이사님이 바뀌면서 디지털 변화에 조직이 빠르게 적응하도록 독려하고 계신 것으로 알고 있습니다. 혹시 최근 어떤 변화들이 일어나고 있나요?

확인질문은 고객상담시 가장 기초가 되는 질문이다. 이 질문 유형은 고객이 표현한 말을 통해서 생각과 의도를 영업인이 잘 이해하였는지 요약하고 확인하기 위해 사용한다. 이 단계가 잘 이뤄져야 고객과의 소통이 자연스럽게 증진되고 고객 니즈에 맞춰 솔루션을 제안할 수 있다.

<확인질문 예시>

· 차장님 말씀을 들어보니 온라인 MBA과정 학습자 중 1명이 해외 출장을 가게 되어 학습 연장이 필요한 것으로 이해했는데요. 맞습니까?

· 대리님이 말씀하신 내용을 요약해보면, 팀장 대상으로 ESG경영에 대해 다양한 사례와 이론을 명쾌하게 강의할 강사님 섭외가 필요하신 거죠?

문제파악질문은 현재 고객사가 가지고 있는 문제점(Pain Point)과 니즈(Needs)가 무엇인지 본격적으로 파악하기 위한 질문이다. 의외로 많은 고객이 본인의 문제를 인식하지 못하거나 명확히 제시하지 못한다. 어떤 고객은 본인의 치부라고 생각해서 감추려고 하는 경우도 있다.

문제파악질문은 정보질문과 확인질문을 통해 충분히 대화를 나누면서 고객과의 공감대가 형성된 다음 사용해야 한다. 공감대가 형성되어야만 고객이 영업인에게 경계심을 풀고 마음 속 얘기를 할 수 있기 때문이다.

<문제파악질문 예시>

· 현재 B사에 온라인교육 플랫폼 운영을 맡긴 지 3년 정도 되셨는데요, 혹시 불편한 점은 없으셨는지요?
· 최근에 메타버스를 활용한 신입사원 교육에 관심이 높아지고 있습니다. 혹시 비대면 상황에서 새로운 교육방안을 고민하고 계신지요?

질문은 고객에게 솔루션을 주기 위한 시작점이자 새로운 시각을 주는 전환점이다. 세일즈 전문가 브라이언 트레이시는 저서 <판매의 원리>에서 '질문을 잘하는 세일즈맨에게는 미래가 있다'라는 표현을 했다. 매우 적절한 표현이라고 생각한다. 판매의 모든 단계에서 적절한 질문을 준비하고 활용하는 영업인만이 성공할 수 있다.

고객의 숨겨진 문제점과 니즈를 어떻게 꺼낼 것인가?

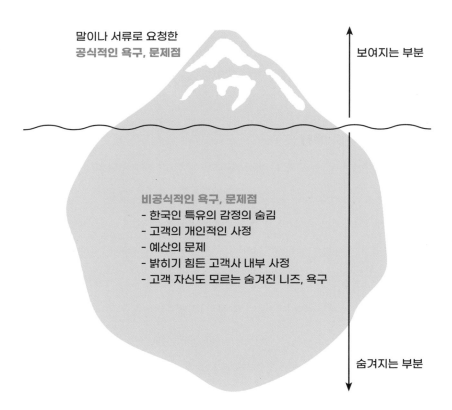

말이나 서류로 요청한
공식적인 욕구, 문제점

보여지는 부분

비공식적인 욕구, 문제점
- 한국인 특유의 감정의 숨김
- 고객의 개인적인 사정
- 예산의 문제
- 밝히기 힘든 고객사 내부 사정
- 고객 자신도 모르는 숨겨진 니즈, 욕구

숨겨지는 부분

<참고문헌>
브라이언 트레이시 '판매의 원리2' (씨앗을 뿌리는 사람. 2003. p204~211)

문제를 해결하는 힘, 협업

B2B 영업은 고객사의 요구사항이나 예상치 못한 문제들을 수시로 해결해야 하며, 이를 영업사원 혼자의 힘으로 수행할 수 없고, 다양한 지원부서의 도움을 받아야 한다. 지원부서는 본인의 직무가 정해져 있고, 영업사원의 업무요청에 의해서 영업활동과 연계한 업무를 수행한다.

영업사원은 새로운 영업방식의 시도나 창의적인 업무 확장, 안정적인 대고객 서비스 강화를 하기 위해 지원부서와의 신뢰감 구축에 노력해야 한다. 내가 근무하는 회사에서는 영업부서가 10개 이상의 지원팀과 업무 협업을 진행하고 있다. 협업은 일이 진행되기 위한 소통이지만 사람과 사람의 관계가 기본 바탕임을 잊지 말아야 한다. 업무요청을 했다고 모든 것이 해결되는 것도 아니고, 친하다고 모든 솔루션을 제공받을 수 있는 것도 아니다. 문제사항이 발생했다면 상대방의 의견을 경청한 후 해결 방안에 대해 조언을 구할 필요가 있고, 새로운 방식을 도입하려면 새로운 업무 범위에 대한 상호 간의 합의가 이뤄져야 한다. 그래서 상대방의 입장을 이해하고 존중하는 태도가 필요하다.

회사 내부에는 활용할 수 있는 리소스(resource)가 한정되어 있다. 고객사에 사업을 매력적으로 제안하기 위해서는 고객의 요구조건에 맞춰서 회사를 설득해야 하는데 그동안 신뢰가 쌓인 영업사원은 회사에서 믿어주지만 신뢰가 구축되지 않은 사람은 쉽지 않다.

2015년 경희대학교에서 연구한 'B2B 영업사원의 역량모델 개발을 위한 탐색적 연구' 결과를 보면 영업사원이 다양한 타부서 직원들과 소통하고 우호적인 관계를 맺는 것은 영업 성과에 큰 영향을 준다고 하였다.

지원부서는 영업 아이디어에 생명력을 불어넣어 주는 산소와 같다.

고객과의 신뢰 구축 과정과 조직 내 신뢰 구축 과정에 대해 영업 우수 성과자의 성공 모형[그림]을 만들어 보았다.

B2B 영업에서 성과를 내기 위해서는 외부 고객과 내부 직원 모두를 향한 '양방향' 신뢰감을 얻어야 하고 이러한 바탕 위에서 성공을 위한 인적 네트워킹을 구축하는 것이다.

외부 측면으로는 고객과의 신뢰 관계를 통해 고객사의 중요 정보를 획득할 수 있고, 확보된 고객사 정보를 바탕으로 맞춤형 솔루션을 제안함으로써 수주 확률이 높아질 수 있다. 내부 측면으로는 평상시 내부 직원과의 원활한 커뮤니케이션을 통해서 본인이 원하는 대고객 사업 전략을 내부에 설득하기 쉽고, 주요 업무 파트너들로부터 필요한 시기에 필요한 자원과 정보를 받을 수 있다.

<그림 : 영업 우수 성과자의 성공 모형>

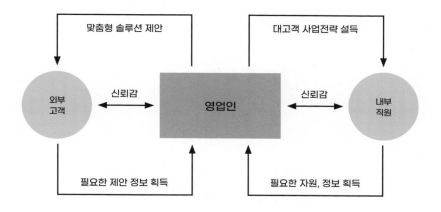

<참고문헌>
B2B 영업사원의 역량모델 개발을 위한 탐색적 연구. (박찬욱, 조아라, 안성민 2015)
B2B 영업 우수 성과자의 학습 활동과 장인성 형성에 대한 질적 사례연구 (최현우, 2017)

고객의 PAIN POINT를 찾아라!

누구나 과거에 한 번쯤은 응급실이나 병원 진료 서비스에서 불편함이나 실망감을 느꼈던 경험이 있을 것이다. 나는 보험회사 신입사원 시절 자취를 하면서 새벽에 심하게 복통이 발생해 응급실에 갔던 적이 있다. 배가 너무 아파 힘든데도 기다리라는 말만 할 뿐 도무지 따뜻한 말 한마디 없는 응급실에서 복통보다 더 아픈 체험을 했던 기억이 생생하다.

하지만 최근에는 많은 병원에서 고객 경험을 체크하고 환자 입장에서 직무를 재설계하는 시도가 늘고 있다. 병원 직원의 관점이 아니라 환자나 가족의 관점을 취함으로써 고객에게 더 많은 가치를 주고자 하는 매우 긍정적인 변화인 것이다.

마찬가지로 영업인도 고객 관점에서 자신의 영업 행동을 되돌아봐야 한다. 너무 매출에만 집착하게 되면 자신이 판매한 제품과 서비스가 고객에게 어떤 효용과 가치를 주는지를 소홀히 하게 되어 결국 영업에 실패하게 된다.

가치를 제공하지 못하는 영업은 오래 갈 수 없다.
한 번은 구매할 수 있어도 가치를 느끼지 못하면 고객은 떠난다.

[에피소드 1]

A생명은 우리의 경쟁사인 B사에게 3년 정도 온라인교육 위탁운영을 맡겨오고 있었다. 최근 A생명은 자사의 교육 강화를 위해서 B사에게 원하는 플랫폼과 운영패턴으로 맞춤형 개발을 요구했지만 B사는 비용을 문제로 난색을 보여 왔다고 한다.

A생명 담당자가 이러한 B사의 태도에 불만을 가지고 있다는 것을 처음과 두 번째 미팅에서 확실히 느낄 수 있었다. B사는 오히려 내년도 비용을 더 올려달라고 요구하는 상황이었고, A생명 교육담당자는 다른 업체에서 이 사업 운영이 가능한지 타진해보려는 참이었다.

우선은 고객사 담당자가 힘들어하는 부분에 대한 해결방안을 휴넷 내부 IT담당자와 협의하여 플랫폼 기능 위주로 자세히 설명했다. 설명하는 자리에서는 곧 휴넷으로 마음이 기울 것처럼 보였지만 1주일 후에 통화했을 때는 다시 원점으로 돌아간 느낌이었다. 정확히 상황을 파악하기 위해 몇 번의 거절을 극복하고 방문 약속을 잡았다.

담당자와 얘기를 나눠보니 팀회의에서 위탁운영 업체를 바꾸게 되었을 때 발생되는 리스크에 대한 우려가 강하게 제기되었다고 한다. 3년간 익숙해 있던 플랫폼을 바꾸게 되었을 때 일말의 불안함이 있는 것은 고객 입장에서 당연한 것이었다.

이제 명확한 PAIN POINT를 알았으니 안심시켜 줄 수 있는 해결점을 제시하면 되었다.

직접 IT기획 담당자를 동행하여 경쟁사에서 휴넷으로 전환한 기업의 사례 몇 가지를 실제 화면과 함께 보여드렸고, 초기 안정화를 위한 체계적인 매뉴얼도 안내해 드렸다. 이렇게 여러 번의 만남과 설득을 통해 3개월 후 최종 수주를 확정 지을 수 있었다.

고객은 자신의 문제점을 해결해주길 바라면서도, 기존의 익숙한 환경과 이별하는 것을 두려워하는 양면성이 있다.

이를 극복하는 방법은 기존을 뛰어넘는 가치를 체감하게 해주는 것이다.

[에피소드 2]

E사는 수 개월간 대표전화를 통해 교육담당자와 연결하려 했지만 답보상태였던 곳인데 어렵게 담당자와 연결이 되어 방문하게 된 고객사이다.

직접 가서 파악해보니 경쟁사인 K사가 오랫동안 위탁 운영을 해오던 곳이고, 임원진을 통해 탑다운으로 영업이 직접 들어온 것으로 파악되었다. 교육담당자에게 여러 질문을 드리면서 파악한 것은, 기존 위탁 운영 업체의 꼼꼼하지 못한 업무처리와 느린 응대로 인해 담당자 불만이 내재되어 있다는 점이다. 고객사 담당자는 당연히 되어야 할 기능이 빠르게 구현이 안 되므로 답답해했다.

탑다운 방식으로 임원 지시를 통해 업체가 선정되었을 경우에는 영업이 쉽지 않은 것은 사실이다. 하지만 불가능한 것도 아니다. 이때 가장 중요한 핵심은 '논리'의 구성이다. 기존의 불편함을 부각하고, 새로운 변화를 단행했을 때 얻게 되는 이익을 논리적으로 대비시켜 보여줘야 한다. 실제로 이러한 '논리'를 요구하는 담당자도 많다. 본인은 업무가 힘든데 임원을 설득하는 과정이 녹록치 않기 때문이다.

나는 E사 담당자에게 제공한 자료 안에 교육담당자가 당연히 누려야 할 기능임에도 적용되지 않은 사항들을 휴넷의 기능과 비교한 표를 넣었다. 그러면서 지속적으로 다양한 기능들을 안정적으로 운영해줄 수 있는 크고 안정적인 기업이라는 레퍼런스 자료를 제시했다. 어려운 순간들이 많았지만 이러한 과정을 통해 최종 PT를 하였고, 마침내 수주를 할 수 있었다.

고객사가 겪고 있는 불편함과 아픔이 무엇인지를 정확히 짚어내고
그에 맞는 명쾌한 솔루션과 논리를 주는 것은 영업의 핵심 전략이다

능력보다 배움이 중요하다

내가 몸담았던 D사는 학습지로 키워놓은 브랜드와 유아, 초등 시장에 대한 높은 이해도를 바탕으로 아동 전집류 판매 시장에 뛰어들었다. 그 당시 D사에 경력직으로 입사하여 약 8년 정도 영업교육 담당을 맡으면서 영업 조직과 함께 했었다.

신입 튜터 교육, 승진자 교육, 경력입사자 교육, 영업우수자 교육, 독서지도사 교육, 부진자 교육에 이르기까지 정말 다양한 교육을 기획하고 운영한 경험이 지금도 새록새록 떠오른다. 판매하는 상품이 대부분 유아용 교구재이거나 수십 권이 한 세트인 아동 전집류였기 때문에 연수원에 갈 때는 9인승 밴 차량에 교육용 상품 박스들을 가득 싣고 다녔다. 무거운 책과 교구재들을 2층 또는 3층 교육장으로 옮기는 것도 고스란히 교육담당자의 몫이었기에 매번 땀을 뻘뻘 흘리면서 많은 짐을 날랐던 기억이 난다. 그 당시 연수원은 왜 엘리베이터가 없었을까?

흔히 교육담당자를 표현할 때 백조에 비유를 많이 한다. 겉으로는 양복 쫙 빼 입고 멋진 제스처와 언변을 자랑하지만…… 그 뒤로는 물속에서 바쁘게 움직이는 백조의 발처럼 쉴 틈 없이 이것저것 챙길 것이 참 많다.

아동 전집류 판매 교육은 30~40대 어머니가 주 타깃 고객이기 때문에 같은 엄마로서(판매하시는 분들 역시 젊은 엄마들이 많다) 공감대를 형성하고 함께 교구재를 만지고 책을 읽어주면서 자연스럽게 설득하는 것이 중요하다.

이러한 역량을 키우기 위해서 교육 프로그램은 주로 상품에 대한 지식과 그것을 어떻게 고객에게 설득할 것인지 판매 스킬 중심으로 이뤄진다. 따라서, 이러한 교육이 성과를 내기 위해서는 판매 실적이 높거나 어머니 대상으로 강의 경험이 많은 매니저 분들을 사내강사로 모시게 된다.

강의가 시작되면 강사님이 미리 준비한 강의 흐름대로 풀어내고 있는지, 교육생의 반응은 어떤지 살피려고 교육장 맨 뒤에서 청강을 하게 되는데, 이렇게 몇 년을 듣다 보니 어느 순간부터는 강사를 평가하고 있는 나를 발견하게 되었다. 머릿속에 차곡차곡 전국의 매니저와 사내강사 정보들이 저장되고, 그 저장된 정보는 교육을 새롭게 진행해야 할 때 바로 1순위, 2순위, 3순위로 자동 추천이 되었다. 컴퓨터보다 빠른 직감이라고 해야 할까.

놀라운 것은, 강의 만족도가 높은 순서로 전국에서 다섯 손가락 안에 드는 사내강사의 면면을 보면 말투나 강의 스킬, 언변이 아주 뛰어난 분들은 아니었다. 하지만 그분들에게는 자신만의 뚜렷한 색깔이 있었고, 판매 사례를 구체적이고 열정적으로 강의하는 힘이 있었다. 또한, 자기 강의가 끝난 후에 바로 연수원을 떠나는 것이 아니라 다른 강사들의 강의도 들으면서 하나라도 더 배우려고 하는 모습이 강했다.

최고의 강사로 기억되는 한 분은 평소에는 수줍음도 많고 내성적인 성향을 가지고 있는 분인데 강의를 요청하면 한 번도 거절한 적이 없었다. 자신이 관리하는 조직의 우수 사례들을 스크랩해 와서 모든 교육생이 볼 수 있게끔 공유를 해주면서 정말 아낌없이 강의를 해주셨다.

이 분의 강의가 끝나면 교육생들은 화장실도 안 가고 그 스크랩 자료를 사진 찍고 질문을 하느라 강의장이 완전 북새통이 되었다. 표현이 북새통이지…… 이건 정말 교육담당자로서 제일 행복한 순간이다.

'아…… 맞아. 이게 진정한 판매 교육이지.'

세일즈에서 배움은 중요한 의미를 지닌다. 시장은 시시각각 변하며, 고객은 오히려 나보다 많은 정보를 접하고 있고, 예측하지 못한 경쟁자는 이 순간에도 내 뒤에서 움직이고 있다. 많은 회사에서 도입하여 실시하고 있는 360도 다면평가처럼 시장, 고객, 경쟁자는 내가 모르는 사이에 나를 파악하고 있는 것이다.

이러한 환경에서 자사 제품에 대한 최소한의 지식만 지니고 모든 것을 아는 것처럼 판매한다면 100% 퇴보하게 되어있다. 항상 오픈 마인드(열린 마음)를 유지하면서 내 동료와 경쟁자 모두에게 배우려는 자세를 견지하는 것은 배움을 넘어 하나의 영업 전략인 것이다.

영업에서 가장 멋진 모습은 경쟁에서 패배했을 때 깨끗하게 인정하고 상대방을 'respect(존경)'하는 것이다.

정말 어려운 일이다. 속으로는 패배를 인정하고 싶지 않을 것이다. 하지만 결과는 모든 것을 대변한다. 지금 상대방을 'respect' 하지 않으면 나는 다음에 다시 경쟁할 때까지 한 단계 더 성장할 수 있는 배움의 의지와 기회를 잃게 된다. 아무 의미 없는 변명만 난무할 뿐이다.

영업성과가 우수한 사원과 낮은 사원의 성과 차이에 대한 심층 분석(유창조·윤동기, 2006) 연구결과는 성과가 높은 영업사원과 낮은 사원의 '학습 지향성' 비교를 통해 우리에게 시사하는 바가 크다.

연구 결과에서 가장 와 닿았던 부분은, 성과가 높은 영업사원 일수록 상품에 대한 지식과 상담 기술 등 영업활동 전반에 대한 자신의 역량에 부족함을 더 크게 인지하고 학습 필요성을 더욱 크게 느낀다는 점이다.

본인 강의도 열정적으로 하면서 남의 강의도 배우려고 했던 그 사내강사 분들이 성과를 잘 낼 수밖에 없었던 이유인 것이다.

자신의 현재 모습에 겸손해하며, 배워야 할 학습의 범위를 다양한 방향으로 확대해 나가는 모습이 영업성과를 높이는 배움의 길인 것이다. 어쩌면 평생학습 개념이 그대로 적용되는 곳이 영업 분야가 아닐까 생각한다.

<참고문헌>
영업성과가 우수한 사원과 낮은 사원의 성과 차이에 대한 심층 분석. 유창조, 윤동기(2006)

협상에 임하는 자세

고객사와 크고 작은 사업을 진행하면서 많은 협상의 순간들을 맞이한다. 처음 영업을 시작할 때는 내가 가진 카드를 보여 주지 않고 내가 가진 정보들을 뺏기지 않아야 한다고 생각했었다. 참으로 어리석은 생각이란 것을 몇 년의 시행착오 속에서 깨달았지만…….

협상은 기본적으로 소통이다.
따라서 패자가 생기게 되면 그것은 잘못된 소통이다.

협상의 기본 대전제는 함께 얻어가는 윈-윈(WIN-WIN)이다.
그 목적에 도달하기 위한 과정 속에서 중요한 요소는 '상호간 이해의 공간'을 확보하는 것이다. 예산의 문제, 고객사 내부의 역학관계 등을 이해해야 하고, 내 상황에 대해서 진정성 있게 오픈해야 한다.
협상 과정에서 자존심에 상처를 받게 되면 '이해의 공간'이 사라지면서 상당히 건조한 소통이 이뤄지게 되고 결국 협상은 깨지게 된다. 상호간에 자존심을 지켜주는 것은 그래서 중요하다.

'상호간 이해의 공간'은 상대방과의 싸움이 아니라 나 자신과의 싸움인 것이다.

결정을 짓는 힘, 프레젠테이션

B2B 영업의 숙명 같은 것이 업체 선정을 위한 수주 경쟁이다.

수주 영업의 꽃은 단연 프레젠테이션이다. 나의 경우 매년 10번 정도 경쟁 PT를 하므로 횟수로 보면 100회는 훨씬 넘었을 것 같다. 그럼에도 매번 PT 직전에는 초조하고 떨린다. PT 전날에는 꿈에서 누가 나를 쫓아올 수도 있고, 달리고 싶은데 몸이 잘 안 움직일 수도 있다. 후배들에게 내색은 못하지만 항상 불안하다. 그래서 더 연습하고 내가 말하고 싶은 메시지가 뭔지 수십 번 다듬는다.

그동안 단련된 것이 있다면 불안한 마음을 진정시키는 방법이다.
PT 직전에 반드시 하는 행동이 거울을 바라보는 것이다.
나의 마음이 그대로 드러나는 가장 솔직한 순간이다.
그리고 몇 번을 거울 속의 나에게 외친다.
"잘 할 수 있어. 잘 할 수 있어."
평가 장소에 들어가면 평가위원들의 눈을 최대한 바라보면서 PT를 진행한다. 어느 순간 깨달은 것이지만 눈을 통해 모든 것이 보인다. 그 순간의 떨림과 끄덕거림을 위해 고객이 원하는 본질에 접근해야 한다.

사람들은 자신이 과거에 한 행동과 익숙한 습관을 반복한다. 기존의 방식으로 의사결정을 하고 변화를 좋아하지 않는다. 영업에 적용하자면, 고객사는 고유의 문화와 불문율을 가지고 있으므로 상품을 판매하려면 고객사의 문화에 맞춰서 행동해야 한다.

판매 프레젠테이션을 할 때는 고객의 과거 구매사례와 구매방법, 구매절차를 파악해서 동일한 과정을 따라야 한다. 고객이 가장 편안하게 느끼는 방식으로 접근해서 프레젠테이션을 하면 판매를 성사시키기가 훨씬 쉬워진다.

[에피소드 1]

가끔씩 후배들의 수주를 돕기 위해 경쟁 PT에 직접 나서거나 옆에서 지원을 해주는 역할을 한다.

몇 년 전 한 고객사에 후배가 PT하는 것을 옆에서 지원하고자 동행한 적이 있다. 이 고객사는 매년 위탁운영 업체가 바뀔 정도로 업체 선정에 있어서 특정한 패턴이 보이지 않는 고객사였다. 후배는 사전영업을 통해 파악된 정보들을 토대로 제안서를 작성했고, 교육담당자가 휴넷에 대해 호감을 가지고 있다면서 어느 정도 자신감을 보였다.

다만, 가장 큰 위험요소는 심사위원이 학습자 중에서 당일 무작위로 정해지고, 교육담당자는 심사에서 제외된다는 점이었다. 이것은 최근 고객사가 많이 활용하고 있는 블라인드 PT이며, 공정성을 극대화하기 위한 심사방법이다.

PT 당일 발표할 장소를 가보니 이미 여러 업체들이 대기실에 앉아 있었다. 먼저 발표를 한 업체의 심사가 끝나고 쉬는 시간에 살짝 평가장을 내부를 쳐다보니 심사위원 연령

층이 예상보다 훨씬 높아 보였다.

왠지 모를 불안감이 생겼다. 드디어 우리 발표 순서가 되어 들어갔다. 후배가 발표를 위해 서 있고 나는 바로 옆에 앉아서 찬찬히 심사위원들을 바라보았다. 거의 평균 나이가 60대로 보일 정도로 밖에서 볼 때보다 더 연령층이 높아 보였다.

후배는 우리 회사가 제공할 수 있는 다양한 플랫폼 기능과 새로 나온 콘텐츠들을 일목요연하게 설명하였다. 이에 대해서 고객사 교육담당자는 고개를 끄덕이면서 경청하고 있었지만, 대다수 심사위원은 덤덤하거나 시큰둥한 반응을 보였다.

드디어 15분 발표를 마치고 질의응답 시간이 되었을 때 확실히 심사위원의 원하는 바를 알 수 있었다. 그 분들은 플랫폼이나 시스템에 대한 얘기는 관심이 없었고, 부가서비스와 가격, 자신들이 필요로 하는 콘텐츠에 대해서만 관심이 있었다. 질문에 대해서 최대한 이해하기 쉽게 설명을 드렸고 어느 정도 선방은 했다고 생각했지만…… 결과는 수주 실패였다.

이번 실패 요인을 곰곰이 복기하면서 느낀 점은 명확했다.

바로 심사위원의 눈높이에서 PT를 준비하지 못하면 반드시 진다는 것이다.

심사위원이 당일 정해질지라도 영업사원은 고객사에서 기존 진행되었던 PT 분위기와 심사위원 성향을 디테일하게 물어보고 정보를 얻어놔야 한다. 고령자인 심사위원들은 아무리 좋은 플랫폼 기능일지라도 어려운 단어로만 인식했던 것이고, 본인들이 학습자로서 겪었던 사항과 가격에 대해서만 관심이 있었던 것이다.

PT는 심사위원의 상황과 니즈에 맞게 그들의 언어로 설득하는 자리이다.

[에피소드 2]

S사는 온라인 연간 위탁운영 규모가 크지는 않지만, 회사의 규정상 매년 경쟁 PT를

통해 업체를 선정한다. 따라서, 매년 11~12월쯤 되면 다음 해를 위한 새로운 기능 제공과 콘텐츠 소개를 통해 타 경쟁사와의 차별점을 보여줘야 하는 숙제를 안고 있다. 다행스럽게도 내가 후배에게 관리를 물려주기 전인 2016년까지 꾸준히 매년 수주를 했었기에 고마움을 가지고 있는 고객사이다.

2015년 경쟁 PT 때는 의미 있는 경험을 했다.

기존에는 중소업체와의 경쟁이어서 나름 제안전략을 짜는데 수월했었지만, 이번에는 업계 최강자로서 항상 우리와 라이벌 관계를 형성하고 있는 경쟁사가 출사표를 던졌기 때문이다. 준비 단계부터 상당히 긴장해 있었고, 2015년에 어떤 차별점을 드릴 것인가 상당히 고심했던 기억이 난다.

물론 휴넷의 가장 큰 장점은 기존 2013~2014년에 안정적인 위탁 운영을 수행해서 담당자에게 확실한 믿음을 주었다는 점이다. 운영담당자와 유기적으로 보여준 좋은 팀워크도 한 몫을 했다.

PT는 매년 소회의실에서 담당 팀장과 교육담당자 여섯 명 정도 참석한 가운데 이뤄졌다. 2015년도 당연히 그러리라 예상하고 있었는데, 고객사는 본사 사옥 대강당에서 PT를 시행한다고 연락을 주었다. 이제까지 한 번도 가본 적이 없는 큰 규모의 대강당이라고 하니 당황스러웠다. 아무리 PT를 수년간 진행한 베테랑일지라도 큰 대강당 공간에서 몇 명을 앉혀놓고 진행한다는 것은 쉽지 않은 상황이다.

다행히 발표 순서가 첫 번째로 정해졌기에 PT 당일에 일찍 평가장에 도착했다. 보통은 심사위원들이 정시에 들어오지 않고 10~15분 지연이 되기도 한다. 따라서, 미리 1시간 정도 일찍 방문하여 장소에 적응하면 훨씬 더 안정적인 상황에서 PT를 할 수 있을 것이라 생각했다.

다행히 본사 사옥을 새로 리모델링한지 얼마 안 되어서 대강당의 방음시설은 좋았고, 내 육성으로도 맨 앞자리에 앉은 분들에게 또박또박 전달이 되는 것으로 판단되었다. 마이크로 얘기하는 것은 옆쪽의 스피커로 들리지만 육성이 오히려 더 정확하고 직접적으로 전달되는 느낌이었다.

실제 PT에서는 준비해온 차별화 포인트 중심으로 사례를 들어가며 설명을 했고, 자신감 있게 Q&A까지 마칠 수 있었다.

주어진 환경이 제한적이긴 하지만, 내가 얼마나 사전에 철저히 준비하고 고민하느냐에 따라 환경은 조금이라도 유리하게 만들 수 있다.

\<성공적인 경쟁PT를 위한 Tip 10가지\>

1. 발표자는 누구나 불안하고 초조하다는 것을 인정하고 나만의 해소법을 마련한다.

2. 평가자를 미리 분석하여 그들이 익숙한 단어와 방식으로 이야기한다.

3. 내가 하고자 하는 메시지를 한 문장으로 요약할 수 있어야 한다.

4. 마음이 편안해질 때까지 연습한다.

5. 상상을 통해 자신 있게 말하는 자신의 모습과 집중해서 듣는 청중의 모습을 그려 본다.

6. 발표할 때는 몇몇 공감하는 제스처를 취하는 평가자를 찾아 그분들을 보며 이야기 한다. 훨씬 심리적인 안정감을 가질 수 있다.

7. 다음 페이지로 유연하게 연결될 수 있는 Bridge 문장을 준비한다. 이것이 숙달되면 자연스럽게 PT 내내 스토리텔링이 된다.

8. 질의응답에서 업체 선정이 결정된다. 예상 질문을 통해 답변 내용을 다듬어야 한다.

9. 기회는 한 번이다. 절실함과 진실함을 보여줘야 한다.

10. 목소리 톤과 손동작의 변화를 통해 집중도를 유지해야 한다.

\<참고 문헌\>
브라이언 트레이시 '판매의 원리2'(씨앗을 뿌리는 사람 2003) p258
마틴 올슨 래니 '내성적인 사람이 성공한다' (서돌 2006) p127

진심보다 소통이다

인생이라는 것이 어디로 흘러갈지 모르듯이, 고객의 마음도 어떻게 변할지 모른다. 가까이 가려면 멀어지고, 어떤 계기를 만들면 다시 가까워지고, 한 순간에 마음이 변하고…… 어찌 보면 남녀 간의 연예처럼 고객과의 관계도 오묘한 밀당이 있다. 이런 밀당이 없으면 얼마나 좋을까 가끔 생각도 들지만 이런 밀당이 있기에 더욱 영업이 스릴 있고, 박진감 넘치는 직무가 아닌가 싶다.

K사의 연간 온라인 교육 위탁운영을 천신만고 끝에 수주를 하여 2년간 잘 운영을 했고, 고객사 팀장님도 만족도가 상당히 높았다. 따라서, 다음 해의 위탁운영도 당연히 따 놓은 당상이라고 생각했다.

내 자만이 컸던 것인가…… 여름쯤에 갑자기 고객사의 조직개편이 이뤄졌고, 내가 관리하던 교육담당자와 팀장님이 다른 부서로 뿔뿔이 흩어졌다. 새로운 팀장님이 타 부서에서 오셨고, 내가 관리했던 고객 중 남은 분은 사원급 직원뿐이었다. 새로운 팀장님은 외부 교육기관의 영업담당자를 만나는 것을 그리 달갑게 생각하지 않으셨고, 교육 관련 업무에 대한 이해도 또한 높지 않았다.

그러던 어느 날 예비 신입사원 대상으로 엑셀 교육을 실시해야 하는 이슈가 갑자기 생겼다. 사원급 담당자는 과정 제안 요청을 주셨고, 보유한 과정들을 정리하여 제안을 드렸다. 이때 새로운 팀장님이 고용보험환급제도에 대해 문의 주신 내용이 있었는데 내가 고용보험환급제도를 잘못 이해한 부분이 있어서 잘못된 답변을 드리게 되었다. 그러자 팀장님이 '타 교육기관에서는 그렇게 얘기를 안 하더라.'하면서 언짢은 반응을 보이셨다. 재차 확인한 결과 내가 잘못 설명한 부분을 깨닫고 전화로 사과드렸다.

사원급 담당자에게 별도로 내부 분위기 확인차 전화했을 때도 팀장님이 잘 이해하신 것 같다면서 안심해도 된다는 답변을 주었다. 그러나 그것은 겉으로 보이는 것이었고, 팀장님은 그때 그 상황을 마음속에 담고 계셨다.

11월에 내년도 업체 선정을 위한 PT가 이뤄졌을 때 팀장님이 그 문제를 다시 거론하였고, 나는 전혀 예상치 못한 내용이어서 당황스러웠다. 속으로는 '이미 오해를 풀어드린 내용이 아니었던가?'라는 의문을 되뇌었다. 결국 업체 선정에서 보기 좋게 탈락을 하였고, 두고두고 당시 상황들을 복기하며 상당히 힘든 시간을 보내야 했다.

외부 업체를 잘 만나주지 않는 팀장님의 폐쇄적인 스타일을 감안하여 좀 더 정면 돌파하여 직접 대면하고 사과 및 마음 풀어드리는 작업을 했어야 했는데, 전화로만 사과하고 팀원을 통해서 분위기만 파악했던 것이 큰 화를 불러일으킨 것이다.

이 사건을 계기로 고객사의 오해나 불편이 발생했을 때는 지체 없이 찾아가서 분위기를 파악하고 문제를 해결하려는 습관을 가지게 되었다. 결국 영업은 사람과 사람 간의 관계이다. 상대방 마음을 읽고 헤아리는 일만큼 어려운 일도 없지만, 좀 더 긴장하고 좀 더 가까이 다가가면 문제는 쉽게 해결될 수 있는 것이다.

진심은 소통이 되었을 때 의미가 있다.

스토리가 고객을 이끈다

신선한 먹거리를 혁신적인 방식으로 고객에게 전달하는 온라인쇼핑 기업 마켓컬리.

첫해 29억원이었던 마켓컬리의 매출은 2020년 9,500억원이라는 어마어마한 성장을 이루었다. 사람들은 마켓컬리의 성장 요인으로 새벽 배송을 첫손에 꼽지만, 좀 더 자세히 들여다보면 또 다른 요인을 찾아볼 수 있다. 바로 고객 눈높이에 맞는 스토리텔링의 활용이다.

'초록콩두유는 청서리태를 통째로 갈아 만든 영양 가득 두유입니다. 초록빛의 청서리태는 일반 검은콩보다 높은 비타민E를 함유하고 있으며 비린내가 거의 나지 않는 것이 특징이죠. 올리고당으로 달콤함을 더해 청서리태의 영양을 좀 더 맛있게 즐길 수 있어요. 바쁜 아침에 가방에 쏙 챙겨 간편하게 즐겨보세요.'

마켓컬리에서 판매하는 초록콩두유에 대한 상품 설명이다.

홈페이지는 단순히 제조사가 어디이고, 가격이 얼마인지를 전달하는 공간이 아니라 상품의 진정성을 전달하는 고객과의 소통 공간으로 활용된다. 솔직하고 담백하게 상품을 소개하는 글을 읽으면서 고객은 자연스럽게 신뢰를 가지게 되고 구매 클릭을 하게 된다. 온라인쇼핑 기업임에도 전문 에디터를 적극 활용함으로써 생생하게 고객의 구매 욕구를 자극하는 그들의 전략은 분명 매력적이다.

바쁘게 돌아가는 세상 속에서 우리는 정보에 지쳐 있고 감성에 목마르다. 내가 판매하고 있는 상품과 서비스에 대해 스펙만을 나열식으로 설명한다면 고객 입장에서 그것은 또 다른 정보 공해일 뿐이다. 고객이 상품을 구매하는 이유는 상품 그 자체가 아니라 그 상품이 주는 가치이다.

몇 년 전부터 휴넷이 꾸준히 심혈을 기울여 개발하고 있는 상품이 '북러닝'이다. 최근 출판된 다양한 분야의 서적을 해당 분야 전문가가 2~3시간 분량으로 해설하는 온라인 특강 상품이다.

처음에 이 상품을 설명했을 때 고객은 '독서통신'이라는 기존의 기업교육 상품과 유사한 것으로 받아들였다. '독서통신' 상품은 서적을 고객에게 발송하고 책과 관련된 간단한 온라인 학습을 진행하는 서비스이다. '독서통신'은 책이 중심이지만, 휴넷이 개발한 '북러닝'은 온라인 강의가 중심이다. 이를 이해시키기 위해서 쉽게 이해할 수 있는 스토리텔링이 필요하다고 생각했다. 그래서 만들어낸 멘트는 다음과 같다.

"유발 하라리의 〈사피엔스〉나 자기계발서 〈타이탄의 도구들〉은 많은 분이 들어보셨을 겁니다. 하지만 막상 이 책을 끝까지 읽은 분은 많지 않습니다. 휴넷은 이러한 점에 착안했습니다. 바쁜 일상과 수많은 정보 속에서 좋은 책들을 쉽고 재미있는 강의로 접할 수 있다면. 책과 관련된 분야 전문가가 강의하면서 해당 분야의 풍성한 이야기까지 들려준다면. 이러한 고민 속에서 만들어진 것이 휴넷의 '북러닝'입니다. 저도 〈사피엔스〉에 대한 북러닝 강의를 들으면서 역사에 대한 흥미를 오랜만에 느낄 수 있었습니다. 그래서 '북러닝'을 계기로 다시 책을 읽게 되는 분들도 많습니다."

스토리텔링의 핵심은 솔직함과 친근함이다.

〈대화와 협상의 마이더스 스토리텔링〉의 저자 '아네트 시몬스'는 사람의 마음을 움직이는 것은 화려한 언변도 논리적인 설득도 아니라고 했다. 이야기라는 옷을 입은 진실은 '대화의 거리와 말의 벽'을 넘어 상대방의 가슴에 스며든다고 했다. 사람들은 누구나 스토리를 좋아하며, 당신이 전달하고자 하는 'what'보다는 당신의 스토리가 보여주는 'why'를 더 중요하게 생각한다고 하였다.

이를 영업에 적용해보면 내가 체험한 경험을 얘기해 주는 것이다.

내가 판매해야 할 상품과 서비스를 직접 만져보고, 경험하는 것이 그래서 중요하다.

내가 직접 체험하면서 만족을 느꼈던 부분, 좋았던 감정을 신나게 얘기하면 고객도 내 얘기에 몰입하게 된다. 내가 받은 감동이 스토리텔링을 통해 그대로 고객에게 전이되는 것이다.

이 프로세스는 정말로 쉬우면서도 강력한 힘을 발휘한다. 나는 내가 겪은 경험담을 담백하게 얘기하는 것이니 막힘이 없고, 고객은 쉽게 상품을 이해하고 공감하게 되니 구매 의사결정에 도움이 된다.

일반적으로 사람들은 변화를 좋아하지 않는다.

그럼에도 새로운 것을 구매하는 이유는 무엇일까? 그것은 현재 상황의 '불만족'을 완화하거나 보다 나은 미래를 위한 욕구 때문일 것이다. 이러한 고객에게 영업인은 상품이 아닌 '해결책'을 제시해야 한다. 그리고 고객이 받게 될 이익에 대해서 쉽게 이해할 수 있게끔 스토리를 전달해야 한다.

그래야만 고객은 만족스런 자신의 상황을 상상하면서 구매를 하게 되는 것이다.

<참고문헌>
'대화와 협상의 마이더스 스토리텔링'(아네트 시몬스, 2001)

가격보다 가치가 우선이다

A사는 2013년 여름부터 고객사로 인연을 맺기 시작한 곳이다. 2년 계약으로 첫 수주를 했었고, 다시 2년을 추가 수주하려고 제안 PT를 준비하던 때의 일이다.

새롭게 인재개발원 팀장으로 오신 분은 인사팀에서 직원복지를 담당하던 분이셨다. 대기업에서 직원복지를 담당하는 분은 여행업체, 의복업체, 생활용품업체 등 다양한 외부 업체와 만나 물품이나 서비스를 구매하기 위한 협상을 한다. 이런 환경에 익숙해서인지 팀장님은 나와의 대화 과정에서 자연스럽게 추가적인 혜택이나 노골적인 가격 인하를 요구하실 때가 많았다.

한두 번이야 우리의 사정도 말씀드리면서 잘 넘어갈 수 있었지만, 거의 매번 꺼내는 얘기에 매번 사양하기도 참 곤란한 적이 한두 번이 아니었다. 새로 2년 계약을 맺기 위한 제안서를 요청하셨을 때도 이번 제안은 가격 제안이 중요하다는 말씀을 계속 꺼내시면서 타 경쟁사에서 자주 자신을 방문하고 있다는 정보도 흘리며 압박 아닌 압박을 주셨다.

그분은 협상력을 키우기 위한 일상적인 대화일지 모르지만, 수주를 위해서 뛰는 나로서는 그 말이 부담감으로 다가올 수밖에 없다. 고민에 고민을 한 끝에 기존에 2년 계약했을 때의 부가서비스보다 훨씬 더 파격적인 제안을 하기로 했다. 특히나 이번에 경쟁사로 참여하는 기업이 저가 수주로 가끔 시장을 흐리는 경우가 있었기에 그 부분이 더욱 신경이 쓰였다.

최종 제안 PT를 마치고, 가격입찰 서류도 밀봉하여 제출했다.

그렇게 결과를 기다리고 있던 며칠 후…… 인재개발원 팀장님으로부터 화난 목소리의 전화가 왔다.

"이렇게 낮춰서 제안할 거였으면 기존에는 자신들에게 얼마나 이익을 낸 것이냐? 당신들이 폭리를 취해온 것이 아니냐?"

팀장님은 질문과 꾸지람을 마구 쏟아냈다. 내 입장에서는 원가를 줄이고 이익의 폭을 낮추면서 고민 끝에 제안을 했기 때문에 고객이 좋아할 줄 알았지만 오히려 반대의 결과가 나온 것이다.

최종 수주를 하기는 했지만, 고객사와 휴넷 모두가 상처를 입은 제안이 되어버렸다. 수주를 확정한 후에 교육담당자와 허심탄회하게 얘기를 나누면서 내가 무엇을 놓쳤었는지 깨달았다. 인재개발원 팀장의 지속적인 가격 인하 압박으로 스트레스가 높아지면서 전체 사업에 대한 시야가 좁아진 것이 실수였다. 좀 더 유연하게 담당자와 사전 협의를 통해 적정 제안 금액에 대한 교감을 가졌어야 했는데 그렇지 못했다. 실무자는 나를 믿고 있었는데 오히려 내가 그에게 허심탄회하게 상황에 대한 사전 논의를 못했던 것이다.

그 뼈저린 실수로 많은 교훈을 얻을 수 있었다.

무조건 가격을 낮추는 것은 결코 고객을 위한 일이 아니다.

고객은 마음속에 생각하는 '가격'의 적정선이 있고, 그 가격을 주고 얻고자 하는 '가치'가 있다. 가격보다 가치가 크면 고객은 크게 만족하게 된다.

가격이 싸다고 결코 가치가 높은 것은 아니다. 그 적정선을 찾는 것이 고객과의 대화를 통해 알아내야 할 중요 정보인 것이다.

고객은 무의식중에 적정 가격과 가치를 암시해준다.
그것을 알아채느냐, 눈치 없이 흘려보내느냐는 영업인의 몫이다.

전략을 더하다

매출 규모를 확대하고 크게 성공하기 위해서는 전략적인 마인드가 필요하다. 이것은 경험만으로 향상될 수 있는 부분이 아니라 평소 고객의 문제점(Pain point)에 대해 깊이 있게 고민하고 해결점을 찾기 위해 노력하는 습관이 필요하다.

최근 지인을 통해 생활가전업계 영업임원을 소개받아 인터뷰했었고, 전략적인 마인드의 좋은 사례라서 소개를 한다.

생활가전업체의 A지국장은 관리지역 내의 어린이집에서 새로운 정보를 접했다고 한다. 중국 영향으로 황사가 심해지고 계속 공기의 질이 나빠져서 정부에서 이에 대한 해결책으로 어린이집에 공기청정기 지원 대책을 발표할 예정이라고 했다. 이 정보를 듣고 지국장은 시행 6개월 전부터 전략을 짜고 움직이기 시작했다.

경기도 각 지역의 어린이집 협회장들을 만나면서 경쟁사보다 빨리 움직이기 시작한 것이다. 그런데, 회사 판매 시스템에서는 고객 사업자번호 별로 매출관리를 하기 때문에 지역별로 묶어서 판매하는 것이 불가능한 상황이었다. 어린이집 하나씩 개별적으로 판매하고 관리하게 되면 시간이 지체되어 좋은 기회를 놓칠 수 있게 된다.

어린이집 고객들을 어떻게 하면 지역별로 한꺼번에 확보할 것인가?

그래서 회사에 제안한 것이 지역별 협회로 묶어서 가격할인 판매를 할 수 있는 제도를 만들어달라는 것이었다. 기존에 없던 제도라서 맨 처음에는 사업부장님이 반대를 하셨다고 한다. 하지만 집요하게 설득을 하여 일정 매출액 이상을 확보하겠다는 약속을 하고 승인을 받았다.

제도가 확정된 후 원장님과 협회장님을 찾아다니면서 본격적인 단체 특별 할인 제안을 하기 시작했다. 그런데, 협회에서는 공정성 때문에 경쟁 입찰을 할 수밖에 없다고 답변이 돌아왔고, 결국 협회 별로 경쟁 PT를 통해 업체 선정을 도전하게 되었다.

오랜 기다림 끝에 드디어 첫 수주가 나왔고, 연이어서 여러 협회를 수주 할 수 있었다고 한다. 협회 별로 일괄 계약을 할 수 있는 새로운 시도였고, 회사에 대형 계약 기록을 남긴 도전이었다고 한다. 그 사례 덕분에 지국장은 지금의 임원 자리에 올랐다. 그분은 성공 비결로 '시장을 보는 눈과 전략'을 강조했다.

사례로 소개해 드린 영업임원은 가장 말단의 정수기 코디네이터부터 경력을 쌓고 올라온 분이다. 그럼에도 그녀에게는 자신의 꿈과 역량을 한정 짓지 않은 현명함이 있었다. 또한, CEO와 같이 넓은 시야로 회사 전체를 활용하는 안목이 있었다.

영업에서 전략은 내 위치를 한정 짓지 않는 유연함과 문제를 다각적으로 바라보는 안목이 필수 요소이다.

B사는 초창기에는 한방 원료를 활용한 의약품으로 성장한 회사이지만, 2세 경영에 들어가면서 새롭게 회사의 체질을 바꾸고 있는 중이다. B사처럼 업계에서 2세, 3세, 4세 경영에 들어가는 고객사는 많다. 삼성, 현대자동차, LG, GS 등도 그러한 시기를 거쳤다.

이러한 고객사에서 가장 먼저 시행하는 것이 회사의 비전 수립, 변화혁신 교육, 임원

교육의 강화, 기업문화 바꾸기 작업이다. 이렇게 회사의 판을 흔들고 바꿈으로써 조직의 새로운 비전과 새로운 경영자의 철학이 각인될 수 있다.

기업교육 영업을 담당하는 입장에서 이러한 고객사 변화는 새로운 사업기회를 의미한다. 비전수립부터 교육의 강화에 이르기까지 다양한 교육 니즈가 발생되기 때문이다. 실제로 B사에 임원 전원 대상 마케팅 교육을 제안하여 수 개월간 진행할 수 있었다. 직접 CEO가 참여하여 함께 학습하는 교육이었으니 임원들이 느끼는 무게감은 컸을 것이다.

고객 상황에 맞는 제안을 통해 고객의 니즈를 현실화 시킬 수 있도록 발 빠른 영업이 진행되어야 한다. 이를 위해서는 고객사의 모든 현황에 대해 예의주시하고, 내부 협력자를 통해 정보를 꾸준히 확보해야 한다.

정보에서 밀리거나 제안 시기를 놓치면 우선권은 경쟁사에 넘어가게 된다.

지나고 나서 후회해봐야 아무 소용이 없다. Winner takes it all!

거부할 수 없는 이끌림, 레퍼런스

사회적 영향력에 대해서 꾸준히 연구해온 〈설득의 심리학〉의 저자 로버트 치알디니 교수는 '사회적 증거(social proof)'를 주장했다. 그의 주장에 의하면, 우리가 어떤 행동을 결정하는 판단 기준은 얼마나 많은 다른 사람들이 동일한 행동을 하느냐에 따라 결정된다고 한다.

많은 사람들이 일반 사람들의 행동을 기준으로, 옳고 그름을 정한다는 것이다. 이러한 사회적 증거에 의해서 행동하면 실수할 확률이 줄어들고, 많은 사람이 선택했다는 안정감과도 연결되기 때문이다.

〈설득의 심리학〉에 보면 유명한 심리학자 반두라(Bandura)의 실험이 사례로 나온다. 놀이방의 어린아이들 중에서 개를 무서워하는 아이들에게 다른 어린아이가 개를 데리고 재미있게 놀고 있는 모습을 하루 20분씩 보여주었다고 한다. 그랬더니 불과 나흘 만에 실험의 효과가 나타났다고 한다. 개를 무서워하던 아이들 중에서 67%가 전혀 겁을 내지 않은 채 개와 함께 장난치며 즐겁게 노는 것이었다. 아이들의 공포감이 낮아진 결과였다.

사회적 증거는 우리 실생활에 접목해보면 상당히 많은 사례들이 있다.
· 인터넷 쇼핑에서 '많은 사람이 구매한 제품'이라는 표시가 있으면 좀

더 구매의욕이 높아진다. 거기다 댓글까지 좋은 의견들이 많다면 구매 욕구는 더 높아질 것이다.

· 오랜만에 도심을 벗어나 맛있는 식사를 하려고 식당을 찾다 보면 주차된 차가 없는 식당은 그냥 지나가게 된다. 뭔가 맛이 없거나 서비스에 문제가 있는 식당이라고 판단하기 때문이다.

· 보수적인 편인 남성 정장조차도 시대의 유행에 따라 바지 길이나 폭이 변화하고 그것을 사람들은 순식간에 따라 한다. 발목 위로 올라오는 바지 길이 유행에 나도 동참해야하나 한때 고민했었다.

· 평창 동계올림픽 시즌 때부터일 것이다. 전 국민의 겨울 점퍼는 '롱패딩으로!' 우리 자녀에게 롱패딩을 사주지 않으면 왕따가 될 것처럼 정말 무섭게 유행이 휘몰아쳤던 적이 있다.

사회적 증거는 이처럼 강력한 힘을 지니고 있기에 마케팅과 영업에서 많이 인용되고 있다.

유명 의류 브랜드의 쇼핑몰은 이 상품이 '얼마나 많은 사람들이 구매하고 있는지' 반복적으로 홍보를 한다. 건설사들은 어느 지역에서 분양한 아파트의 청약신청 경쟁률이 수십 대 일이라고 홍보한다. 모 공인중개사 시험 교육기관은 광고에서 해당 시험 최다 인원 합격 하나만을 강조하며 광고를 한다.

프로 영업인은, 자신의 제품이나 서비스를 구매하는 것이 현명한 선택이라는 점을 고객에게 강조할 때, 반드시 동일 상품을 구매한 개인 또는 기업 사례를 이야기한다.

이것을 레퍼런스(Reference) 영업이라고 한다.

우리 제품을 구매한 고객이 실제로 어떤 이익을 보았는지 이야기를 들려주면 고객에게는 강한 인상으로 남게 된다. 실제 영업을 하다 보면 고객들이 먼저 타사에서 활용한 사례를 요구할 때도 많다. 이 교육프로그램을 동종 업계에서 활용한 사례가 있는지, 만약 있다면 어떻게 실제로 운영했는지를 질문한다. 이에 대해서 충실하게 답변 드리면서 계약이 성사된 경우가 많다.

심리적인 안정감을 취하려는 고객의 심리를 이해하자.

<참고문헌>
설득의 심리학 (로버트 치알디니, 2002) p187

변수도 하나의 교훈이다

모든 일에는 임계점이라는 것이 있다. 물이 100도가 되어야만 끓듯이 영업도 일정 이상의 경험이 누적되어야만 성과를 낼 수 있다.

꼭 성공한 경험만이 영업인을 키우지 않는다. 쓰라린 경험, 실수한 경험, 황당한 경험 등등 모든 경험이 성장에 자양분이 된다. 지금 소개하는 사례들은 당시에는 나를 너무도 힘들게 했던 상황이지만 지나고 보니 의미 있는 경험으로 남아있는 이야기들이다.

[에피소드 1]

A유통업체는 기존의 작은 위탁운영 업체와의 계약을 종료하고 새로운 교육기관과 함께 사이버연수원을 구축하고자 했다. 드디어 나에게 기회가 온 것이다.

업계에서 1, 2위를 다투는 업체와 경쟁이었고, 교육담당자와 친밀하게 영업이 진행된 상황이었기에 유리한 환경이라고 자신하고 있었다. 제안서를 제출했을 때에도 교육담당자의 반응은 내가 훨씬 더 매력적인 제안을 했다고 귀띔도 받은 상태였다.

하지만, 영업은 계약서에 도장 찍을 때까지는 정말 모르는 일이다. 결과는 경쟁사의 승리였다. 불과 1~2주 전에 새로 영입된 교육팀장님이 휴넷을 싫어한다는 얘기를 제안서 제출 후 들었을 때 불길한 기운이 돌더니……. 결국은 해당 팀장이 휴넷을 배제시키고 경쟁업체만 결재를 올렸다고 한다.

너무나 납득이 안 되고 화가 나서 직접 그 팀장을 찾아가서 항의를 하고 싶었지만, 교육담당자가 더 난처해질 수 있어서 결국 참았다. 따로 교육담당자와 만나서 얘기를 해보니 새로운 팀장이 기존에 다니던 회사가 휴넷과 교육을 진행했는데 휴넷 영업담당자 때문에 안 좋은 기억이 있었다는 것이다.

결국은 외부적인 변수에 의해서 영업이 수포로 돌아간 상황이 되어버린 것이다. 그리고, 더 황당한 것은 휴넷을 배제하여 업체 선정을 한 날로부터 한 달 후에 그 팀장이 회사 내의 불미스러운 일로 퇴사 조치를 당했다는 것이다. 솔직히 어이가 없었다. 참 알 수 없는 상황이 많고 변수가 많은 것이 영업임을 그때 절감했다.

[에피소드 2]

D사는 1년을 넘게 공을 들인 고객사이다. 본사가 지방에 있기 때문에 정말 맘 잡고 출장을 다녀와야 하고, 보수적인 회사 문화 특성상 쉽게 마음을 열어주거나 정보를 오픈하지 않는 고객이었다.

부단히 전화 및 메일을 통해 정보도 드리고, 안부도 여쭈면서 친밀감을 쌓기 위해 노력했다. 그래서 작게나마 매달 영어 온라인교육을 진행할 수 있게끔 계약을 맺을 수 있었다. 하지만 이 정도 매출로 그치기엔 고객사의 직원 수가 많았다.

몇 년 전부터 4차산업혁명의 대두와 함께 모든 산업계는 그야말로 '디지털 교육'의 광풍에 휩싸여 있다. 이에 대한 온라인, 오프라인 교육 니즈는 계속 생겨나고 있지만 지방인지라 그에 대한 속도감은 더뎌 보였다.

그러던 중 담당 차장님에게 전화가 왔고, 디지털 시대 리더의 역할을 주제로 지점장 대상 오프라인 교육과 동영상 콘텐츠 개발을 실무 협의하자고 전화가 온 것이다. 정말 기뻤고 드디어 큰 계약이 나오겠구나 싶었다. 교육일정도 거의 계획이 잡히는 와중이었다.

하지만, 정말 엄청난 변수가 생기고 말았다. 내부 인사비리로 인해 대표이사가 변경되는 시련을 겪게 되면서 모든 교육이 올스톱되어 버린 것이다.

다행히 그로부터 2년 후에 연간 교육사업을 수주할 수 있었지만, 처음부터 다시 준비해야 하는 상황은 녹록지 않았다. 하지만 내가 어쩔 수 없는 상황이 있는 것이고, 이럴 때일수록 담담히 받아들여야 한다. 내가 여기에서 좌절하기보다는 꾸준히 관리를 해드리면서 새로운 기회와 시간을 찾으면 되는 것이다.

이것이 영업이다.

비전을 만들어 주는 사람, 롤모델

영국 프로축구 리그인 프리미어리그에서 성공적인 모습을 꾸준히 보여주고 있는 손흥민에 대해 포체티노 감독은 인터뷰에서 이렇게 얘기했다.

"그가 성공하고 있는 이유요? 그는 항상 노력하고 수많은 시도를 하며 절대로 포기하는 법을 모릅니다. 노력을 통해 스스로 벽을 허물었죠. 그리고 가장 중요한 부분인데, 손흥민은 마치 배터리 같습니다. 방전될 때까지 끝까지 노력하죠. 그는 저에게 모든 걸 주고 난 후 저에게 재충전과 휴식을 요구합니다. 그것이 가장 중요합니다. 피치 위에서 그는 항상 자신이 가진 100%를 쏟아냅니다. 공을 가지고 있던, 가지고 있지 않던 간에 말이죠. 모든 선수들에게 귀감이 되는 행동이죠. 손흥민의 경기를 보는 것만으로도, 그는 우리가 무엇을 기대하고 있는지 알고 있습니다."

많은 스포츠맨과 일반인에게 귀감이 되는 말이다. 손흥민의 말과 행동에 감명을 받고 자신의 목표를 향해 열심히 뛰는 어린 축구선수들의 모습이 떠오른다. 손흥민은 바로 그 아이들의 우상이요 롤모델이다.

우리 말에 '내리사랑'이라는 단어가 있다. 어학 사전에 찾아보면 손윗사람이 손아랫사람을 사랑하는 것이라고 정의되어 있다. 현장에서 직접 부딪히며 체험하고 성장해야하는 영업조직에서 제대로 된 길을 보여 주면서 진정한 내리사랑을 베풀어 주는 멘토, 롤모델의 존재는 매우 중요하다.

사회학습 이론을 제시한 심리학자 반두라(Bandura)는 직접적인 경험을 통해서 배울 수 있는 것은 다른 사람의 행동이나 그로 인한 결과를 관찰하는 대리 경험을 통해서도 배울 수 있다고 주장하였다. 사회학습 이론은 개별 구성원이 매력적이고 신뢰감을 주는 역할 모델의 태도, 가치, 행동에 관심을 가지고 모방하는 것만으로도 학습효과가 있다고 주장한다.

우수한 고참 영업사원이 정도 영업을 통해서 꾸준히 성과를 창출한다면 후배들도 이를 보면서 학습하게 되고, 본인 활동에 적용하게 된다. 이러한 선순환 구조가 꾸준히 이뤄지면 영업조직은 건강해지고 성과도 꾸준히 상승하게 된다.

<참고 문헌>
권오영, 편해수(2018). 조직지원 인식, 윤리적 리더십, 상사 신뢰, 직무 만족 간의 구조적 관계 : 영업사원. 경영컨설팅연구 18(2)

매출, 그 편한 부담감

"아우! 토할 것 같다."

매출을 최대한 올려야 하는 바쁜 시즌에 가끔 나도 모르게 나오는 말이다. 매출에 대한 부담감은 영업인에게 숙명과도 같다. 이 책을 쓰기 위해 B2B 영업을 수행하고 있는 많은 영업 우수자들을 지인 소개로 만날 수 있었다. 그 분들과 인터뷰를 하면서 느낀 공통점은 자신이 경험한 성공을 꾸준히 유지하기 위해 자신만의 활동패턴을 유지하고 있다는 점이었다.

연세대 교육학과 장원섭 교수는 저서 〈장인의 탄생〉에서 자신의 분야에서 탁월한 성과를 내는 장인들은 '고원에서의 삶'을 살고 있다고 표현했다.

고원은 고도가 높은 곳에 넓게 나타나는 평지를 의미한다. 고원은 정상 가까이에 있어서 정상에 오르기가 쉽다. 하지만 고도가 높은 만큼 공기가 희박하여 숨쉬기에 답답할 수 있다. 평지라고 하지만 땅은 척박해서 농사를 지으려면 계속 땅을 일궈야 한다.

영업인의 삶도 마찬가지다.

정상에 올라본 영업인은 정상에서의 시원한 바람과 탁 트인 시야를 잊지 못한다. 그래서 정상을 꾸준히 도전하기 위해 힘은 들지만, 고원에서의 삶을 선택한다.

주위의 기대감으로 인해 가끔 가슴이 답답하다. 꾸준히 매출을 유지하려면 꾸준히 신규고객을 창출해야 한다.

고원에서 주변을 바라보면 자신과 선의의 경쟁을 하는 높은 봉우리들이 보인다. 높은 곳에는 맑은 공기가 있기에 아침에 일어나면 다시 신선한 열정이 샘솟는다. 고원은 저 아래 평지보다 겨울이 빨리 찾아오고 바람도 많이 분다. 영업인도 마찬가지로 매출이 늘고 고객이 늘어나면 크고 작은 문제와 고민들이 늘어나기 마련이다.

그 부담감, 고통, 외로움이 영업인의 삶을 누를지라도 정상 가까이에서 느껴지는 시원한 성취감과 탁 트인 희열감은 영업인 자신을 강하게 이끈다.

고원에서 거둬들인 싱싱한 열매(영업 노하우)를 후배들에게 아낌없이 나눠주는 영업 우수자의 삶은 아름답다.

<참고문헌>
장인의 탄생 (장원섭, 2015) p341

184

속도보다 방향이다

케냐는 마라톤 강국이다. 미국 보스턴 마라톤의 최근 20년간 남녀 우승자 중 65%가 케냐 출신이다. 또한, 런던마라톤에서도 남자 우승자 중 60%, 여자 우승자 중 45%가 케냐 출신이다. 그들이 세계적인 마라톤 대회에서 거둔 성적은 실로 경이롭다. 타고난 신체조건과 폐활량만으로 설명하기에는 뭔가 부족하다.

도대체 어떻게 훈련을 하길래?

우연히 인터넷에서 '케냐 마라토너들은 천천히 뛴다'라는 글을 읽게 되었다. 이 글의 저자는 아마추어 마라토너이고 최고의 달리기를 배우리라 마음먹고 케냐로 떠났다고 한다. 그리고 '이텐'이라는 곳에서 국가대표 선수들과 함께 훈련하며 보고 느낀 감상을 글로 남겼다.

누구나 이렇게 예상할 것이다. 아프리카의 고지대에서 오르막길을 땀을 뻘뻘 흘리며 올라가는 고통스런 모습의 선수들.

'그런 강도 높은 훈련만이 저런 놀라운 성적을 담보할 수 있을 거야.'

하지만 그가 함께 생활해본 케냐 마라토너들의 모습은 우리의 예상과는 많이 달랐다고 한다. 세계 육상 선수권 마라톤 대회를 준비하며 실행했던 마지막 고강도 훈련에서조차, 그들은 억지로 힘을 내서 뛰지 않았다.

저자는 이것이 케냐 마라토너들의 지속적 훈련과 기량 향상을 가능케 했다고 보았다. 중요한 것은 목표를 위해 오늘 해야 할 것을 명확히 하고 그것을 해내면서 매일매일 목표에 근접하는 자신을 보며 자신감을 키우는 과정이다.

"그들은 천천히 달릴 줄 알았고, 빠름을 축적해 놓을 줄 알았다."라는 저자의 표현이 너무나 마음에 와 닿았다.

케냐 선수들의 훈련하는 모습은 영업에도 많은 메시지를 준다. 영업에서 매출 목표는 중요하다. 그 목표에 도달하기 위해 나만의 페이스를 유지하면서 오늘을 명확히 그리고 묵묵히 실천해 내야한다. 막연히 앞만 보고 달리는 것이 아니라 멀리 보면서 내 성장을 고민하자. 그리고 중간중간 충분히 쉬자.

대다수 영업인은 보이지 않는 곳에서 수많은 노력과 도전 속에 영업을 진행하고 있다. 이러한 노력이 지침 없이 꾸준히 유지되려면 '확고한 목표 의식'이 영업인 마음속에 단단히 자리 잡고 있어야 한다.

결국 성공하는 영업인은 내가 가고자 하는 최종 목표를 명확히 정한 후에, 그 목표를 달성하기 위한 단기 목표와 집중해야 할 타깃 고객을 관리하며 꾸준히 실천해 낸 사람이다.

목표는 핏빛처럼 선명해야 한다.

<참고문헌>
PUBLY '케냐 마라토너들은 천천히 뛴다' 저자 김성우, 마인드풀러닝스쿨 대표

5장 — 새로운 시대, 영업인이 가야할 길

"

앞으로 20년 후에 당신은 저지른 일보다는 저지르
지 않은 일에 더 실망하게 될 것이다. 그러니 밧줄을
풀고 안전한 항구를 벗어나 떠나라. 돛에 무역풍을
가득 담고 탐험하고, 꿈꾸며, 발견하라.

"

– 마크 트웨인, 작가 –

버추얼세일즈의 시대

이끼가 조금의 물만으로도 강한 생명력을 가질 수 있는 것은 '환경을 받아들일 줄 알기 때문'이다. 지금의 시대, 지금의 변화를 슬기롭게 넘기 위해서는 외면하지 말고 받아들여야 한다. 주저하지 말고 마주쳐야 한다.

코로나 발생 이후로 참으로 많은 변화들이 있었다. 마스크를 얻기 위해 약국 앞에서 긴 줄도 서봤고, 명절에 부모님에게 인사도 못가는 초유의 일도 겪었다. 생전 처음 콧속 깊숙이 검사막대를 넣어봤고, 재택근무라는 새로운 근무형태도 경험해 봤으며, 칸막이가 있는 식당에서 동료와 대각선으로 앉아 밥도 먹었다.

B2B 영업을 담당하는 나에게 가장 큰 변화는 무엇일까?

바로 고객과의 대면 영업이 눈에 띄게 줄었다는 것이다. 그 반대급부로 늘어난 것이 바로 비대면 영업이다. Zoom, 또는 MS teams를 통한 고객과의 소통이 내 업무의 하나로 자리 잡게 되었다.

앤드루 쿠오모 미국 뉴욕 주지사는 정례 브리핑에서 '나는 우리가 일상으로 돌아갈 수 없다고 생각한다. 나는 우리가 새로운 일상(new nomal)을 맞이하게 될 거라고 생각한다.'하고 얘기했다. 깊이 공감한다. 코로나가 종식되더라도 지금의 영업 패턴은 다시 원래대로 돌아가지 않을 것이다. 이미 많은 고객과 영업인은 비대면을 통해서 시간과 장소에 구애받지 않고 소통하고 있으며, 새로운 상황에 적응하기 위한 프로세스에 익숙해져 있다.

며칠 전에도 공공기관 고객사의 연간 사업 착수보고회를 Zoom으로 진행했고, 새로운 사이버연수원 구축을 위한 다자간 회의를 MS teams를 통해 진행했다. 처음엔 정말 어색했지만, 지금은 나름의 요령도 생겼다.

이러한 새로운 프로세스를 일컬어서 작년 말부터 회자하고 있는 명칭이 '버추얼 세일즈'이다. 구글에 검색하면 아직은 생소한 단어이다. 정의 내리자면 '온라인 웹상에서의 만남, 회의를 토대로 상품과 서비스를 소개하고, 이에 대한 고객의 구매를 이끌어 내는 세일즈'라고 할 수 있다.

기존의 영업방식에 익숙한 영업인들은 불만을 토로할 수 있다. 영업은 고객과의 관계가 중요하고 제품을 실제로 보여 주면서 신뢰감을 높여야 하는데 과연 비대면으로 가능할까? 기존의 영업방식을 이미 20년 가까이 경험한 사람으로서 나조차도 일말의 의구심이 있는 것이 사실이다. 하지만 시대가 변하고 상황이 바뀌었다면 그에 적응해야 하는 것이 또한 영업이다.

과거 e-commerce(전자상거래)가 생소했던 시기에 많은 사람들은 패션은 눈으로 직접 보고 사야 하기 때문에 팔리지 않을 것이란 예측을 했지만, 오늘날 패션은 온라인을 통해 구매하는 주요 품목 중 하나가 되었다. 영업인이 가장 경계해야 할 것은 과거의 성공 경험과 변화에 대한 둔감이다.

20년을 쪼개서 한 해 한 해를 돌이켜보면 위기가 아닌 적이 없었고, 신상품이 출시되지 않은 적이 없었으며, 고객과 시장도 매번 변화하였다. 바로 지금이 그러한 변화의 큰 파도에 속한다고 본다.

버추얼 세일즈는 새로운 프로세스이기 때문에 적응하고 익숙해지기 위해 유의할 점들이 있다.

1) 디지털 기술의 활용성이 늘어난다

글로벌 제약사에 다니는 지인을 통해 확인한 바로는 제약사의 영업부서는 병원 방문이 힘든 상황이라서 의약품을 소개하는 콘퍼런스를 웨비나(Webinar)를 통해 진행하고 있다고 한다. 또한, 자동차회사의 경우 버추얼 행사를 통해 신상품을 소개하는 경우도 늘고 있다.

많은 기업은 화면상으로 고객에게 신뢰감을 줘야 하기 때문에 최신 IT 기술을 접목하여 좀 더 선명하고 가독성 높은 화면 구성을 끊임없이 연구할 것이다.

2) 사전 준비가 더욱 치밀해야 한다

카메라 위치나 조명, 배경화면에 따라 보이는 내 이미지가 자신감 있어 보이기도 하고 어두워 보이기도 한다.

고객과 대면 상담을 하면 다양한 소재를 가지고 대화하면서 친밀함도 쌓고 필요한 부분은 메모를 할 수도 있다. 하지만 온라인상에서는 이러한 여러 감정 요소들이 배제되고 짧은 시간에 정확한 정보를 전달하는 것이 중요하기 때문에 더 폐쇄적이고 예민하다.

화면에 보이는 내 행동과 말투로 전문성이 그대로 판가름 나게 된다. 또한, ZOOM의 기능을 자유자재로 사용하지 못하면 상대방과 상품에 대한 신뢰감까지 떨어져 보일 수 있다.

이처럼 내 모습 자체가 오프라인 공간보다 좁은 선택지 안에서 결정되므로 더욱 치밀하게 준비하고 연습해야 한다.

3) 데이터를 활용한 세일즈가 더욱 부각된다

대면 상담은 오감을 통해 고객의 니즈를 발굴하고 분석하기 용이하지만, 비대면 상담은 화면을 통해서만 확인이 가능하기 때문에 분명 한계가 있다. 따라서 내가 파악한 내용, 확인해야 할 내용을 명확히 메모하고 상담 회차마다 데이터를 잘 관리하는 것이 중요하다.

가장 좋은 것은 우리 회사에 맞는 CRM프로그램을 활용하여 상담할 때마다 얻은 정보를 누적 관리하는 것이다.

4) 고객의 통찰력을 자극해야 한다

버추얼 세일즈에 대해서 설명한 쉬플리 김용기 대표님의 인터뷰 기사가 마음에 와 닿는다.

"고객에게 이 아이템이 어떤 필요 충족 요건이 되는지, 그리고 이를 통해 어떤 변화가 일어나는지 등을 구매전략에 포함 시켜야 합니다. 이른바 '인사이트 셀링(insight selling)', 즉 통찰력을 함께 나눠야 합니다."

고객과 아이디어를 나누는 상호작용을 통한 통찰력 교류를 통해 고객의 관점을 전환시켜 주는 것이 핵심이다. 실무적으로는 쉽지 않은 도전이지만, 화면상에서의 짧은 대화 속에서 고객에게 가치를 드릴 수 있는 최고의 소통이라고 본다.

5) 내향적인 영업인에게 유리하다

대화의 양보다는 질을 우선시하고 진중한 태도를 보이는 내향적인 영업인이 비대면 상담에서 좀 더 효과적이고 자신감 있는 대화를 이끌 수 있다.

세심하고 민감한 내향인의 특성을 살려서 화면을 통해 전달되는 고객의 음성, 동작, 대화 분위기의 행간을 읽어낸다면 훨씬 더 풍성한 정보를 획득할 수 있고, 그에 맞는 적절한 솔루션을 제시할 수 있다. 분명 새로운 시도이지만 내향인에게 유리한 영업방식은 분명하다.

AI시대 새로운 영업

AI 서밋 2018(www.aisummit.co.kr) 컨퍼런스로 한국을 방문했던 호주 애들레이드 대학의 즈비그뉴 마카일비치 박사(Zbigniew Michalewicz)는 인터뷰에서 AI가 수천 년 된 인간의 영업방식을 바꿀 수 있을지에 대해 의견을 피력했다. 데이터에 대한 접근의 용이성과 진화된 AI기술은 과거와는 매우 다른 영업환경을 만들어 낼 것이라고 예측했다. 대량의 데이터를 가공하여 고객에 대한 인사이트를 제공하는 AI기술은 고객군을 세분화하여 각각의 고객과 상호작용하도록 지원할 수 있고, 고객 개개인의 취미, 니즈, 욕구에 맞춰서 마케팅을 대신해 줄 수 있다.

이미 개인화된 큐레이션은 우리 실생활에 깊숙이 파고들어 있다. 음악 App이 나의 성향에 맞게끔 알아서 노래를 추천해주고, OTT서비스(over-the-top media service)는 나에게 맞는 방송, 영화, 교육 콘텐츠를 알고리즘에 의해 지속적으로 노출해 준다. 이제 영업도 AI기술에서 예외는 아니다. 영업인의 하루를 한 번 상상해 보자.

- 아침에 노트북을 켜자마자 '도전해보세요!'라는 메시지가 뜨고 '수주 확률 90%의 확실한 영업 기회'라는 소개와 함께 고객방문 추천을 받을 수 있다.

- 고객사 방문 스케줄과 미팅 내용을 미리 입력해놓으면 방문 전날에 기본적으로 갖춰야할 미팅자료와 알고 가야 할 정보를 미리 제공 받을 수 있다.
- 고객의 업종, 니즈를 자세히 입력하면 그에 맞는 최적의 제안서와 관련 성공사례를 문서 형태로 받아볼 수 있다.
- 고객의 취미, 니즈, 생일, 중요 일정 등을 입력해두면 고객관리를 해야 하는 최적의 날짜와 고객관리 Tip을 제공해 준다. 선물 리스트가 화면에 뜨면 클릭하여 카드로 바로 결재할 수 있다.
- 주요 고객사와 관심 업계에 대한 뉴스를 모바일로 실시간 큐레이션 받을 수 있다.
- 영업인은 개인별 역량에 맞춰서 필요한 교육 콘텐츠와 외부 교육프로그램을 장기적인 로드맵으로 추천받을 수 있고, 교육을 선택하여 개인 스케줄에 반영한다.

이처럼 AI기술은 영업인에게 좀 더 과학적이고 최적화된 맞춤 영업 솔루션을 제공한다. 영업인이 해야 했던 번거로운 작업을 없애주고 정보를 분석하는데 할애했던 시간을 단축시킨다.

하지만 잊지 말자! 결국 영업의 귀결점은 수주이고, 수주를 하는 당사자는 바로 영업인 본인이다. 영업이 AI기술에 귀속되지 않는 부분은 바로 사람의 손길이 필요한 고도의 판단력과 인간미이다. 이를 극대화할 수 있도록 우리는 성찰하고 노력해야 한다.

밀레니얼 고객과 소통하기

최근에는 밀레니얼 세대와의 소통이 모든 기업 리더십 교육의 주요 화두이다. 밀레니얼 세대는 나이로 보면 1982년에서 2000년 사이에 출생한 사람을 일컫는다. 직장에 적용해보면 40~50%의 비중을 차지하는 회사의 미래를 짊어진 세대이다.

몇 년 전부터 각종 미디어는 밀레니얼 세대가 타 세대와 구분되는 행동 특징, 소비성향 등을 꾸준히 쏟아내고 있다. 이러한 정보들이 공감이 되면서도 한편으로는 근거 없는 고정관념과 편견으로 이들을 몰아가는 것은 아닌지 우려도 된다.

가장 대표적인 편견이 '지나치게 자기중심적인 세대'라는 표현이다. 나와 함께 직장생활을 하고 있는 밀레니얼 세대의 모습은 합리적이라는 표현이 맞지 자기중심적이라고 단언하기 힘들다. 자기중심적인 사람은 오히려 뉴스에 나오는 기성세대의 부끄러운 행동 속에서 자주 등장한다. 결국 자기중심적이라는 표현은 어느 세대에서나 존재하는 개인적인 성격의 문제라고 보는 것이 맞다.

영업이라는 테두리 안에서 밀레니얼 세대를 바라보면 중요한 특징을 한 가지 발견할 수 있다. 바로 '대면에 대한 어색함'이다. 나는 함께 영업을 하고 있는 20~30대 후배에게서 이 특징을 느낄 수 있었고, 고객사 대리급

담당자와 소통하면서도 발견할 수 있었다.

영업사원 입장에서는 처음 만나게 된 고객과 라포(rapport)를 형성하는 것이 여간 어색하다. 고객과 친해져야 하는 이유는 알겠으나 방법이 기존에 친구를 사귀던 방식과 다르기 때문이다.

반대로, 밀레니얼 세대 고객의 입장이 되어 바라보자. 그들은 영업사원이 라포를 형성하려고 다가오는 모습이 꽤나 어색하다. 친구들과 주로 SNS로 대화하고, 스마트폰으로 다양한 정보를 얻는 것이 보편적이다. 그런데 처음 보는 영업사원이 안부를 묻고, 날씨를 말하고 친해지려고 하는 상황 자체가 생소한 것이다. 그래서, 이메일로 업무 내용을 주고받기를 좋아하고 전화로 대화할 때는 용건만 간단히 말하는 경우가 많다.

이러한 반응에 대해 영업 후배들이 상처받을 때가 있다. 사실 상황이 어색한 것이지 사람이 싫어서가 아닌데도. 명확한 업무 진행과 고객이 받을 수 있는 혜택 중심으로 상담을 이끌어가면 충분히 라포를 형성할 수 있다.

MZ세대의 특징과 소비성향을 담은 책인 〈지금 팔리는 것들의 비밀〉에 서술되어 있는 밀레니얼 세대의 특징을 보면 고객을 관리할 때 힌트가 될 수 있다.

- 24시간 365일 개방된 네트워크 속에서 살아간다. 카카오톡, 페이스북, 인스타그램, 틱톡 등 이들은 한 순간도 단절이 없는 시간 속에서 살아간다. 이러한 연결은 필연적으로 관계의 피로를 만들어낸다. 그래서 자신이 원할 때는 언제든지 혼자이고 싶은 갈망이 크다.
- 어떤 브랜드를 결정할 때 '진실성'이 중요한 기준이 된다.
- 상품을 구매할 때 조금씩 경험하고 체험하면서 낯을 익히고 느낌을

가져본다. 그리고 체험기를 공유하면서 브랜드를 평가한다.

· 사람과의 만남에 있어 감정적인 낭비를 싫어한다.

밀레니얼 세대 고객은 일의 의미를 중시하고 합리적인 판단을 위해 노력하므로 현재의 업무상황을 사실 위주로 명확하게 알려주는 것이 신뢰관계를 위해 중요하다. 인간관계에 있어서는 진실성을 중요하게 생각하고, 불필요한 감정의 낭비를 싫어하므로 소통의 횟수보다는 깊이에 더 신경 써야 한다. 업체를 선정하기 위해 다양한 정보를 얻고 신중하게 접근하므로 스스로 체험하며 만족감을 가질 수 있도록 고객경험 측면에 공을 들여야 한다.

밀레니얼 세대 고객이 늘어날수록 대면영업의 방식은 많이 달라질 것이다. 하지만 고객에 대한 따뜻한 마음과 전문성을 갖춘 맞춤형 솔루션 제안은 어느 세대에나 환영받음을 잊지 말자.

세대는 바뀌어도 영업의 본질은 바뀌지 않는다.

<참고문헌>
· 지금 팔리는 것들의 비밀 (최명화,김보라 / 리더스북) p46~49
· 밀레니얼 세대와 기성세대의 문화적 차이 (2020 / 단국대 전종우 교수)

1등보다 상생이다

"엄마는 내가 맞아서라도 1등만 하면 좋겠어?"
엄마는 말을 잇지 못한 채 울기 시작한다.

영화 '4등'은 '해피엔드', '은교'를 연출한 정지우 감독의 스포츠 인권 영화이다.

매번 수영대회에 참가하면 금·은·동메달을 아깝게 놓치고 4등만 하는 준호. 엄마는 그런 아들이 못내 아쉽다. 어떻게든 아들을 성공하게 하고 싶은 엄마. 그녀는 교회에서 아는 분을 통해 수영코치를 소개받는다.

그 코치는 자신이 가르치는 방식에 개입하지 말아야 하고, 수영장에도 오지도 말라고 한다. 알고 보니 그 코치는 98년 아시안게임 금메달 유망주였던 수영 선수. 하지만 자신의 천재성을 믿고 자만하여 최종 훈련에 1주일이나 늦게 참석하였고, 그에 화난 코치가 체벌을 하자 화를 내면서 수영을 그만하겠다고 외치고 태릉선수촌을 뛰쳐나왔던 사람. 그렇게 잘나가던 수영 선수는 16년이 지난 지금 동네 수영장의 평범한 수영코치로 살아오고 있는 것이다.

그러던 어느 날 준호가 잠든 사이 시퍼렇게 멍이 든 아이의 등을 마주치게 된 엄마. 침묵이 흐른다……. 아이는 강압적인 코치의 폭력적인 수업

방식에 무서워하면서도 충실히 수업 방식에 따른다.

드디어 전국 수영대회 날.

준호는 정말 노력했고, 간발의 차이로 2등을 한다. 준호는 너무 기쁘다. 드디어 메달을 따게 된 것이 너무나 기쁘다. 하지만 코치는 2등을 차지한 준호에게 자신이 가르쳐준 대로 했으면 1등을 했을 거라며 칭찬 한마디 없이 다그친다.

집에서는 고기파티가 열린다. 그러던 중 아빠는 준호가 체벌을 받으면서 수영을 배웠다는 것을 알게 된다. 결국 코치에게 배울 수 없게 되었고, 얼마 후 준호는 수영이 하기 싫다고 엄마에게 얘기한다.

하지만 준호는 수영을 정말 사랑하는 아이다.

어느 날 밤에 몰래 수영장에 들어가 준호는 마음껏 유영을 한다.

정해진 레인을 무시하고 수영장을 돌고래가 헤엄치듯 정말 편안한 자세로 즐긴다. 어느 것이 물 속이고 어느 것이 물 위인지 모르게.

행복한 시간도 잠시. 수영장 관리인에게 발견되어 쫓겨나게 되고 엄마의 차를 타고 집으로 간다.

"준호야. 너 왜 그래? 하랄 때는 싫다더니."

"엄마. 난 수영에 소질이 있어. 그리고 무엇보다 좋아해."

"그래서?"

"엄마는 내가 맞아서라도 1등만 하면 좋겠어?"

혼자서 준비해서 출전한 전국 수영대회.

이전 대회에서 1등을 차지했던 훨씬 덩치가 큰 형과 한 번 더 시합에서 마주친다. 카메라가 준호의 시선을 따라 대기실부터 수영장 출발선, 그리고 물속까지 쫓아간다.

그리고 최종 골인 장면.

준호가 물에서 나와 대기실로 걸어가는데 한 아이가 옆에서 묻는다.

"형, 1등하면 기분이 어때요?"

준호는 1등을 한 것이다. 그리고 샤워장에 있는 대형 거울에 비친 자신을 바라보는 준호.

기뻐하는 모습이 아닌…… 무언가를 생각하면서 거울을 응시하고 있는 준호. 그리고 영화는 막을 내린다.

한국 사회는 1970년대부터 초고속 경제성장을 이뤄내며 빠르게 성장해오면서 1등 제일주의가 뿌리 깊게 자리 잡고 있다. 그것이 가장 극명하게 드러났던 분야가 올림픽이다.

올림픽에 출전하면 반드시 메달을 따와야 대중에게 인정받았다. 메달을 따지 못했지만 세계적인 선수들과 어깨를 나란히 하면서 멋진 경기를 펼친 선수들은 오로지 메달 색깔로 평가받으면서 조용히 귀국길에 올랐다.

무엇이 우리를 그토록 1등으로 내몰았는가?

세상은 변하였고, 우리의 가치관도 변화하고 있다. 이제는 혼자만 잘해서는 성공할 수 없는 시대가 도래했다. 그리고 유튜브를 통해 평범한 시민들이 우상이 되고 적극적인 참여자가 되는 플랫폼의 세상을 맞고 있다.

과학자들에 따르면 현대의 과학은 특출한 천재 한두 명이 이끌었던 과거와 달리 여러 과학자의 협업이 중요하게 되었다고 한다.

과거로부터 인류가 쌓아왔던 지식의 두께가 두꺼워졌고 그만큼 새로운 진리를 발견하기 위해서는 그 전에 알아야 할 내용들이 훨씬 더 많아졌다.

지난 2012년 힉스 입자를 발견한 입자가속기 연구진에 참여한 과학자는 모두 7,000명 가까이 되었다고 한다. 또한, 중성자별의 병합과정을 중력파와 전자기파로 관측하는 데에 참여한 과학자는 모두 4,000여 명으로, 전 세계 천문학자의 약 3분의 1에 해당하는 숫자라고 한다.

이런 상황에서 한두 명 잘하는 것이 무슨 의미가 있을까?

영업조직도 1등만을 추켜세우고, 영업왕만을 인정하는 풍토는 버려야 한다. 일부 보험회사 연도상 수상자가 자신의 명성과 실적을 지켜내기 위해 불법을 저지르고 고객 민원을 발생시켜 나락으로 떨어지는 경우를 심심치 않게 목격해오고 있다.

자신의 일에 가치를 느끼고, 실력으로 성과를 창출하는 진정한 프로가 많은 조직이 진정 성공하는 조직이다.

1등은 어느 조직에나 존재한다.
하지만 1등만으로는 그 조직이 성공할 수 없다.

<참고문헌>
출처 : 중앙일보 [매거진M] 때려서라도 1등 만들어야 할까 2016.04.13
출처 : 한국일보 이종필 건국대 상허교양대학교수 2018.02.27

나눠야 성장한다

직장인은 일터에서 일하면서 배우고 배우면서 일한다. 최근에 교육업계에서 많이 등장하는 개념인 70:20:10 모델은 그것을 잘 대변해 주고 있다. 학습의 10%는 집합 교육이나 워크숍, 온라인 학습과 같은 정형화된 교육프로그램을 통해 배우고, 20%는 코칭이나 멘토링, 피드백과 같은 다른 사람과의 상호작용을 통해 배우며, 70%는 실제 현업 문제를 해결해 가면서 경험을 통해 배운다는 개념이다.

영업 직무를 처음 접하게 된 신입사원이 회사에 적응하여 성장해 가는 과정을 보면 때때로 회사에서 마련한 공식적인 교육을 통해 배우는 것도 있지만, 현업에서의 경험과 배움이 큰 부분을 차지한다.

나와 같은 부서에 근무하는 신입 영업사원의 하루 일과를 봐도 그렇다.

회의 시간에 선배들의 성공사례를 경청하고, 선배와 함께 고객을 방문하여 어떻게 대화하고 설득하는지를 배우고, 자신이 작성한 제안서에 대해 팀장님으로부터 피드백 받고, 타 부서와 협업하면서 프로젝트 수행하는 체험을 해보는 등 나를 둘러싼 모든 사람들과 상호작용을 통해 일과 직장생활에 관련된 전반적인 학습경험(Learning Experience)을 이어가고 있다.

연세대 교육학과 장원섭 교수는 저서 〈장인의 탄생〉에서 자신이 속한 분야 최고의 위치에 오른 장인들의 특성을 분석하였다. 장인의 주요한 특성 중 하나는 자신이 속한 공동체에 그동안 배우고 익힌 기술과 노하우를 아낌없이 베풀고 있다는 점이다. 이러한 베풂은 공동체의 발전을 위해서도 중요한 자극제가 되지만, 장인 자신이 현재에 안주하지 않고 새로운 지식을 찾기 위한 동기부여가 될 수 있다.

개인적으로 과거를 돌이켜 봐도, 내가 배우는 것도 좋지만 후배에게 내가 가진 지식과 노하우를 교육하고 나누어줄 때 더 행복했다. 강의할 때 초롱초롱 쳐다보며 메모하고 질문하는 후배들을 보면 절로 힘이 나고 나 스스로를 가치 있게 느끼게 된다. 또한, 후배에게 줄 자료를 준비하면서 내 지식과 노하우를 논리적으로 정리할 수 있는 시간을 가질 수 있게 되고, 좀 더 효율적으로 성공하는 방법을 정리하여 영업조직에 기여할 수 있는 효과가 있다.

영업조직은 상생공존을 추구해야 한다. 조직 내에서 영업 노하우와 성공사례를 소셜 러닝을 통해 마음껏 공유해야 한다. 건전한 영업활동이 뿌리 깊게 실천되게끔 선배와 후배가 서로 끌어주고 당겨줘야 한다.

최근 휴넷의 고객사인 보험, 생활용품, 서비스 업종 고객사들이 온라인 플랫폼을 통해 변화하고 있는 모습을 보면 영업조직의 방향성은 명확해 보인다.

보험업계는 유튜브처럼 각종 영업 노하우와 성공사례를 매일 새롭게 업로드하고 댓글과 추천이 가능하게끔 운영하고 있다. 생활용품 업계의 경우 사내강사가 전국을 강의하러 다니지 않고 동영상으로 회사정책과 상품정보를 빠르게 전국으로 전파하고 있다. 회계법인에서는 수백 명 회계사의 주요 고객 응대 사례를 저작 TOOL을 활용해 간편하게 제작하여 사내에 공유하고 있다. 유통업계에서는 직무별 사내전문가에게 업무 노하우와 직무지식을 물어보고 답하는 게시판 형태 소셜 러닝을 운영하여 새로운 형태의 멘토링을 실현하고 있다.

새로운 IT기술을 접목하여 업그레이드되고 있는 소셜 러닝은 앞으로도 끊임없이 영업조직에 신선한 자극을 제공할 것이다.

세일즈에서 나눔은 새로운 배움의 출발이다.

<참고문헌>
장인의 탄생 (장원섭, 2015) p310

성향보다 강점이다

나는 이 책을 통해 내향적인 영업인이 좌충우돌 영업을 배우고 성장한 이야기를 담백하게 담아보려 했다. 내향인의 장점도 살펴보고 단점도 꺼내보면서 나와 같은 내향적인 영업인에게는 공감을, 외향적인 영업인에게는 반대편 성향을 이해하는 도구로 삼기를 희망했다.

결코 외향성을 선호하는 사회를 비판하거나 내향적인 사람의 우월함을 주장하려는 것이 아님을 독자가 이해해주길 바란다. 내향적이거나 외향적인 기질은 타고난 뇌 구조와 신경의 영역일 뿐이지 내 인생을 짓누르는 문제가 아니다.

내향성과 외향성에 대한 이론을 만든 칼 융은, 내향성과 외향성이 두 개의 화학물질 같아서, 그 둘을 결합하면 둘 모두 다른 하나에 의해 변한다고 생각했다.

우리의 삶을 뒤돌아 봐도 항상 내향성과 외향성의 극단에만 있지 않았음을 여러분은 인정할 것이다. 나 또한 내향적인 성향이 높은 사람이지만 고객에게 상품을 설명하거나 설득하는 상황에서 어느 외향적인 영업사원보다 적극적이고 열정적이다. 이처럼 개인이 선호하는 성향은 있겠지만 사회적 경험을 통해서, 혹은 필요에 의해서 우리는 두 가지 성향 어디쯤으로 이동할 수 있다. 이것이 진정한 사람의 모습이 아닐까?

칼 융 박사의 연구는 통합적인 관점에서 기질을 정한 것이며, 서로의 다름을 인정하기 위한 출발점이라고 본다.

오히려 우리가 관심을 가져야 할 영역은 '강점'을 살리는 것이다.

이종 격투기라는 새로운 스포츠 영역을 세계적인 인기종목으로 이끌고 있는 UFC(Ultimate Fighting Championship)는 정말 다양한 무술을 연마한 선수들이 등장한다. 킥복싱, 가라테, 태권도, 유도, 레슬링, 주짓수 등 우리가 알고 있는 모든 종류의 무술이 활용된다.

하지만 어느 누구도 특정 무술이 세계 최고라고 말하지 않는다. 제일 경기를 잘 한 사람에게 최고라는 호칭을 붙여준다. 자신에게 맞는 무술과 기술을 연마하여 강점을 가장 극대화한 사람.

'저는 내향적이라서 영업을 못해요.'
'수줍음을 잘 타서 제가 말하고 싶은 것을 얘기 못 할 때가 많아요.'
'외향적인 사람이 너무 부러워요.'

위와 같은 푸념은 공허한 메아리일 뿐이다.
결코 내향적이라서 실패한 것이 아니고,
본인의 강점을 살리지 못해서 실패한 것이다.
지금의 나를 사랑하고 다름을 인정하며 다른 성향의 사람을 포용한다면 인생의 행복은 보다 가까이 와있을 것이다.

당신이 내향적인 사람이라면 자신의 가치를 스스로 인정하고 마음껏 발산하기를 바란다. 분명 찾아보면 길이 있고, 이미 그 길을 밟아 올라간 많은 사람들이 있음을 알아야 한다.

이제 내향적인 자신을 자신 있게 드러내고 강점을 살려 영업하자.